科幻文学馆
Science Fiction Museum

水妖

霜月红枫 · 著

科幻立方
文库本

天津出版传媒集团
百花文艺出版社

图书在版编目（CIP）数据

水妖 / 霜月红枫著. -- 天津 : 百花文艺出版社,
2021.4
ISBN 978-7-5306-8066-7

Ⅰ. ①水… Ⅱ. ①霜… Ⅲ. ①幻想小说-中国-当代
Ⅳ. ①I247.5

中国版本图书馆 CIP 数据核字(2021)第 045501 号

水妖
SHUIYAO
霜月红枫 著

出 版 人：薛印胜　　选题策划：成　全
编辑统筹：刘　勇　　责任编辑：成　全
装帧设计：丁莘苡　　营销专员：王立宸
出版发行：百花文艺出版社
地址：天津市和平区西康路 35 号　邮编：300051
电话传真：+86-22-23332651（发行部）
+86-22-23332656（总编室）
+86-22-23332478（邮购部）
网址：http://www.baihuawenyi.com
印刷：天津光之彩印刷有限公司
开本：710×1000 毫米　1/32
字数：77 千字
印张：10.125
版次：2021 年 4 月第 1 版
印次：2021 年 4 月第 1 次印刷
定价：35.00元

如有印装质量问题，请与天津光之彩印刷有限公司联系调换
地址：天津市宝坻区潮阳工业园管委会路东 1 号
电话：(022)29644996
邮编：381015

作者简介

霜月红枫

原名杨颖，重庆市作协会员。在全国数十家刊物上发表小说、散文作品逾百万字并获全国知名刊物转载，作品被收入多种散文、小说选集。已出版长篇小说《凤皇天下》，科幻中短篇小说集《重生》《梦境直播》。《心殇》发表于《科幻立方》2016年第4期（试刊），获第十八届百花文学奖·科幻文学奖。

目录

01 / [1]

02 / [7]

03 / [27]

04 / [35]

05 / [49]

06 / [57]

07 / [67]

08 / [81]

09 / [91]

10 / [101]

11 / [115]

12 / [123]

13 / [137]

14 / [157]

15 / [177]

16 / [193]

17 / [217]

18 / [231]

19 / [241]

20 / [247]

21 / [255]

22 / [263]

23 / [281]

24 / [289]

创作谈 何谓“科幻现实主义”：浅谈科幻创作

——— 霜月红枫 / [311]

01

我终于考进了这所著名的音乐学院，踏进校门的第一天，我的心脏就有了异样的波动。

我敢肯定自己从未到过这里，但眼前的一草一木，都能在我心中引发某种熟悉的悸动。就像一个突然堕入迷障的人，我茫然地、身不由己地在校园里走着，双腿仿佛有了自我意识一般，自动转上了右侧的小径。

两旁浓荫匝道，阳光被挡在了外面。阵阵潮湿的凉意，像暗绿色的浓雾包裹着我，从叶尖上滴落的露珠，悄无声息地钻进脖颈，在那温暖的地方刺起一片鸡皮疙瘩。

毛孔防御性地收缩，让我忍不住打了个寒战。

心中的悸动更加明显。

我正犹豫着要不要继续往前走时，一阵悠扬的钢琴声突然从绿荫深处飘来，就像穿透绿雾蜿蜒游来的一条小蛇，在我心尖上猝不及防地咬了一口。

心脏蓦地狂跳起来，完全不受意志的控制，仿佛脱离了我的胸腔，在琴声中扑腾乱跳，激起无数冰冷而惊惧的水花。

被那颗失控的心脏猛拽着，我像牵线木偶一般朝琴声走去，就像被钓线钩着的鱼，银丝那端连着我的宿命，无法挣脱，也无力抗拒。

心脏停在了窗外，就像被突然抽干了血液，

不再激动地乱蹦,却开始紧张地收缩。

一个男人弹琴的侧影映入我的眼帘。

在被绿叶过滤后显得柔和清澈的天光里,他挺直的身影带着贵族似的高傲,修长的手指在琴键上行云流水般地游动。

视线接触到他的一刹那,我能感觉到几股矛盾的情绪,像绳索一样猛力撕扯着那颗不安分的心脏:兴奋、恐惧、怨恨、痛苦……它在尖叫着哭泣,然后“啪”的一下炸开了!

我捂着胸口呻吟起来,弯下腰,从胸口那儿突然传来的疼痛令我紧紧蹙起了眉。

已经好久不曾出现这种痛得令我窒息的感觉了,今天到底是怎么回事?

我没有察觉到琴房里的音乐已经戛然而止。

“你怎么了?”

头顶上响起的男声惊了我一跳,我猛地抬

头，正对上一双深邃的眼睛。

刹那间，电光石火一般，我的整个心神像被吸入了旋转的激流，一些支离破碎的画面在我眼前飞速掠过，仿佛无数冰冷的雨点打了下来……

绿荫、琴房、弹琴的男孩，还有—— 一位穿蓝色背心裙的少女。

男孩专注地弹着琴，仿佛进入了浑然忘我的境地。

少女含情脉脉地看着他，眼里写满了崇拜。

他们的样子明明那么陌生，却又有种莫名的熟悉，仿佛很久以前，我就曾像现在这样朝窗内窥视着……

心脏再次痛得让我抑制不住地呻吟，然后眼前一黑，晕了过去。

02

我在学校的医务室里醒来，看到的却是冯凯那张生气的俊脸。

“不是说过我会去接你吗？你怎么一个人跑来报到了？打电话也不接，如果不是用手机定位，我还找不到你。真是，我一不在跟前就出事，以后别再一个人到处乱跑了，知不知道我有多担心……”

他连珠炮似的倒了一大堆话，我胸口又痛，心里更烦，忍不住说：“我又不是小孩，刚才只是意外。我不是你的囚犯，别整天跟着我，很烦的，知不知道？”

说出这番话后，我自己都吓了一跳，怎么会用这么尖刻的语气跟对方说话，这还是以前那个温柔有礼的我吗？

奇怪的是，冯凯虽然愣了一下，却并没有生气，反而嘴角含笑，眼中有光，连声说：“是，我的小公主，你说什么就是什么，只要你开心就好！”

我诧异地望着他，他的神情很奇异，仿佛有些开怀，又有些伤感。我有种很奇怪的感觉，他似乎在透过我看另一个人。

“对了，你到底为什么会晕倒？”冯凯问。

“我也不知道为什么，听见一阵琴声，心就跳得厉害，然后不知不觉走到琴房，看见弹琴的人后，就突然晕倒了。”

“弹琴的人？是谁？”

“我也不知道。从来没见过他，但又似乎对他很熟悉。”

冯凯神情严肃起来，问校医：“刚才是谁送她来这儿的？”

“是余教授，他说这个学生突然在琴房外晕倒了。”

“余知原……”

这三个字从冯凯齿缝里慢慢挤了出来，他以一种奇怪的目光看着我，就像隔着一层布满水雾的玻璃，后面掩藏着许多我看不清、无法理解又琢磨不透的东西。

我被他复杂的目光搅得浑身不自在，忍不住问：“余知原是谁？”

“你很快就会知道。”

冯凯总是上扬的嘴角不知何时挂上了一丝冷笑，这样的他令我觉得陌生。

窗外的蝉鸣声依然此起彼伏，屋内却突然陷

入一种清凉而诡异的安静之中。

我看着有些神思不属的冯凯，收起嬉笑之态，突然安静下来的他，显出一种少见的稳重，微敛的下巴绷出坚毅的曲线，黑眸也染上了深邃的幽光。

我知道他只有在思考重大问题时，才会露出这种冷峻得像刀锋似的神情，难道那个余知原是个非常重要的人物吗？

躺在医务室的床上胡思乱想了一会儿，我的心脏渐渐恢复了平静，校医检查无大碍后，就同意我离开了。

冯凯送我去女生宿舍，路上他又恢复了嬉皮笑脸的样子，不停地向我介绍着这所学校，毕竟他也是从这儿毕业的，算得上是我的学长。

从记载在官网上的历史到流传在小道上的逸闻，从每一幢建筑的来历到每一座雕塑的含义，他无不津津乐道，就跟树上的鸣蝉一样喋喋不休。

“你看，那是聂耳的雕塑。聂耳这个名字取得太好了，一听就是音乐家的名字。你知道吗？耳朵是人和动物诞生后第一个苏醒的器官，其次才是嘴和眼睛。所有动物都一样，在娘胎里还不能看、不能说的时候，就已经在听了，所有胎儿都依赖倾听母亲的心跳来感受世界。我一直记得那年迎新大会上院长对我们说过的话——”

他咳嗽一声，绷紧面皮，端肃神情，刹那间就像院长温毅轩附体，双目不怒自威，沉稳的声音蕴含着令人信服的力量。

“你们的耳朵因为来到这里，因此听见了世界上那些最美好的声音，全世界的耳朵也正是从这里、从你们那里听见了中国最美好的声音。昨天、今天你们以学院为荣，今天、明天学院以你们为荣！”

我忍不住大力鼓掌：“冯凯，你可以去表演模仿秀了，这段讲话真是深得院长的精髓。”

冯凯嘿嘿一笑：“那是因为这段话给我留下的印象太深了，当时说得我是热血沸腾啊，以为自己就是未来的大师，总有一天会让世界听到我的声音，让学院以我为荣。可惜这个白日梦只做了几个月就破灭了，因为我看到了真正的天才……”

他的声音一滞，笑容仿佛被一阵突如其来的凉风吹走了，眼中明亮耀眼的星光也暗淡下来。

“跟真正的天才相比，我们这些庸人不过是微弱的群星，再多也无法跟月亮争辉。”

他脸上的惆怅失落之色，让我这个见惯了他意气风发模样的人，突然感到强烈的不适，心中有种难以抑制的冲动，觉得必须要说点什么。

“为什么要跟月亮比呢？每个人都是一颗灿

烂的星，每一颗星都不同，每一颗星都很独特，每一颗星都有自己的光芒，各有各的天赋，因此每一颗星都很耀眼，都有属于自己的那片天空。”

“谢谢你的开导，雨琪，你真的很善良！”他望着我，目光温软，“你跟她不一样，她不止一次说过我天赋不够，即使我已经拼命努力，弹得很好很好了，她却依然说，我跟天才之间永远隔着一道无法逾越的鸿沟。”

“她？她是谁？”

冯凯没有回答，目光却不由自主地扫向我的左胸。

从胸口那儿传来熟悉的悸动，似乎在提醒我另一个人的存在。

原来是她！

看着冯凯温柔又惆怅的神情，以及眼中那些细碎难明的忧伤，我知道他又陷入了往事的迷宫,在回忆中追逐某个逝去的身影……

“回神啦！”我伸出手掌在他眼前晃了晃。

冯凯瞬间从恍惚中惊醒,笑骂一声:“调皮！”

而我则扮了个鬼脸作为回应。

冯凯恢复了常态，又变得口若悬河起来,开始滔滔不绝地向我介绍他打听到的各种小道消息,比如我们班哪个学生考分最高,哪位老师最严厉,这学期新开的选修课是什么,甚至连跟我同宿舍的其他三人各来自什么地方，成绩如何,性格如何,好不好相处都打听得一清二楚。

“你连这都打听,无不无聊啊？”我白了他一眼。

“我还不是怕你被欺负。虽然听说她们性格还可以,但如果让你受了委屈,你可千万别憋着,第一时间来告诉我,我替你出气！”

“你怎么替我出气？难不成你还敢打女人？”我甚感荒谬地瞪着他,“我自己会处理好人际关系，不用你替我瞎操心。”

“我怎么是瞎操心呢？你知不知道这个社会的险恶，人心的险恶……”

他对我展开了长篇大论的教育，列举了许多令人心惊肉跳鲜血淋漓可以吓哭小孩的例子，嗡嗡嗡……嗡嗡嗡嗡……就像一架精力旺盛的战斗机，不停地用言语轰炸我。

恢复常态的他跟往常一样惹我心烦，但看到熟悉的他却又让我觉得莫名的心安。

我假装受不了地捂上耳朵，又被他强行把手拉下来，不知怎的就打闹起来，两人嘻嘻哈哈地笑成一团。

这样融洽的氛围，让我情不自禁想起了六年前，第一次见到他的情景。

那时我刚做完手术，整个人还很虚弱，病恹恹地躺在医院，胸口痛得厉害，脑袋里更像塞进了一堆荆棘，无数倒刺扎得我脑门生疼，又乱糟糟的理不出半点清明。

听医生说，手术后并不意味着绝对安全，还得警惕排斥反应和感染的风险，所以我的神经一直绷得紧紧的，像风暴里的一只小船，在恐惧和焦虑中上下颠簸。

就在我烦躁不安时，妈妈告诉我，有人来看我，一个我不认识的人。

我越发心烦，不用照镜子也知道躺在病床上的自己是怎样一副邋遢的模样，向来自律只以整洁面貌面对外人的我，实在不想让人看到我虚弱又丑陋的样子，况且我也没有力气去应付一个从来没有打过交道的陌生人，去接受会令我手足无措的同情与关心。

但妈妈说，他是我的救命恩人之一，还嘱咐我要好好和他说话，要表现得有礼貌，要表达出感谢和感恩。

可我还没有准备好，他就走进了病房。

一个高大帅气的男子，良好的教养像刻在了骨子里，从挺直的腰背、颇有品位的衣着中显露出来。笑嘻嘻的一张脸，有点亦正亦邪，却又不显得轻浮，反而有种吸引人的亲和力，嘴角的弧度仿佛天生微微带着卷儿，眼睛比我见过的所有星辰都亮。

那天本来是个阴天，窗外是灰蒙蒙的天空，但他走进来，就好像把阳光也带进了这间充满药水味儿的阴冷的病房。

“你是谁？”

刚才还很安静的那颗心脏，突然有了让我无法忽视的动静，像只激动的兔子欢蹦乱跳着，牵得我的胸腔一阵疼痛。

我不觉蹙起了眉。

他微微俯下身，目光温柔，专注地凝视着我。

“我叫冯凯。听说你没有哥哥，以后我当你哥哥，保护你一辈子好不好？”

心脏的动静大得令我几乎要疑心这是手术后遗症，但我没法摆脱这颗心脏的控制，自从它进入我的身体，就好像开始慢慢接管我的思想。

“好。”我听见自己清晰地吐出了这个字。

从此我就多了个哥哥，也多了条对我管东管西，缠得我紧紧的，甩都甩不掉的尾巴。

“尾巴”絮絮叨叨地说了一路，把各种注意事项都像糨糊一样塞满我的脑袋后，我们终于走到了女生宿舍楼下。

我从冯凯手中接过行李，朝楼上走去。刚走几步，就听冯凯在身后喊：“雨琪，晚上别到处乱跑，注意安全！”

“知道了，我又不是小孩子。”

我头也没回地摆摆手，加快脚步，总算摆脱了这条烦人的尾巴。

走进403宿舍，我发现自己是第一个到的。

我的床位在靠窗的下铺，推窗就能看到一棵枝繁叶茂的黄桷树，楼下是通往食堂的小道，远处还能看到操场一角。

校园里处处绿树成荫，提着行李来报到的学生络绎不绝，人人脸上洋溢着青春的朝气。还没有遭受社会打磨的年轻人，总是这样一副面对未来拥有无限可能，相信自己能够征服世界的意气风发的模样。

看到这一派生机勃勃的景象，我的心情也明媚起来，一边哼着歌，一边取出床单被褥开始铺床。

宿舍门被推开了，一个短发女生在一位中年女人的陪同下走进来，两人脸色都很难看。

我正想跟她们打个招呼,就听女生嘟嘴叫嚷起来:“我不要住这间宿舍,妈,你一定要想办法帮我换个宿舍!”

“你以为宿舍是想换就能换的?我们又没熟人,哪那么容易换。”中年女人皱着眉头说。

“我不管,反正我一定要换宿舍!”

“请问……”我忍不住弱弱地插话,“你为什么要换宿舍?”

“你不知道吗?”女生大惊小怪地看着我,“这间宿舍以前死过人,住在这里我一定会做噩梦的!”

“你怎么知道死过人?”

“是一位要好的学姐告诉我的。那件事当时闹得很大,整个学校都轰动了,网上都能查到。对了——”女生突然拔高声调,指着我的床位一脸惊恐地说,“那个死人生前睡的,就是你这张床!”

我的心脏蓦地停摆了一下，然后又急促地跳动起来，脑中嗡嗡作响，眼前一阵眩晕。

或许我发白的脸色引起了中年女人的注意，她赶紧说："梅梅，别胡言乱语地吓着同学。"

"我哪有胡言乱语？"女生不服气地翻了个白眼，"都是千真万确的事。我专门问过学姐，不信你去打听打听。"

我心里一阵发紧，忍不住又问："死的是谁？"

"听说是上上届的学姐，非常优秀的一个女生，不知怎么就莫名其妙地跳楼死了。"

跳楼死了？

我眼前突然一黑，一种猛烈的坠落感瞬间占据了我的感官，耳边似乎有呼啸的风声，死亡的阴影像黑色的丝带紧紧勒住我的脖子，我呼吸困难，捂着狂跳不已的胸口，张大了嘴想要发出无声的尖叫……

“你怎么了？”女生被我的异状吓坏了，赶紧和她母亲一起扶住我差点栽倒的身体。

我靠在她们臂弯急促地喘着气，然后又被移到床上，静静躺了一会儿，才感觉好一些，对一脸担忧的两人挤出笑容：“我心脏不太好，刚才没吓到你们吧？”

“没有，没有，你没事就好！”中年女人连声说着，又忍不住埋怨女儿，“都说了叫你别说那些话，瞧把你同学吓成什么样儿了！”

女生低着头嘟囔道：“人家还不是想让你给换个宿舍。”

“好啦好啦，妈真是怕了你啦！我这就找学校领导反映一下，看能不能给你换个宿舍，行了吧？”中年女人被她这个宝贝女儿缠怕了，只好无奈地妥协。

“谢谢妈妈！”女生喜笑颜开地在她妈脸上响

亮地亲了一下，连蹦带跳地挽着女人的胳膊出去了。

她俩一走，似乎把热闹的空气也带走了，室内一下子冷清下来。明明是盛夏，我却感到一阵莫名的凉意。

曾经有个女孩也躺在这张床上，但她现在已经死了。

我模模糊糊地想着短发女生刚才的话，先前那种奇怪的坠落感已经消失了，心脏平静下来，沉稳地跳动着，没有恐惧，反倒有种不明所以的踏实感。

柔软的被褥传来熟悉的温度，我不知不觉睡了过去，睡得恬静而安详。

03

校园门口，迎新的彩旗四处飘扬，人声鼎沸，就像一片热闹的海洋。

女孩从钢琴系的学长手中接过《迎新手册》，看了看入学流程介绍，便朝办理入学手续的地点走去。

进校门就是一条林荫大道，黄桷树繁密的枝叶从道路两旁延伸到中间，像两排仪仗队在空中热情地拥抱出一片绿色穹顶，为莘莘学子挡住了炎炎烈日。

一位男生独自站在一棵黄桷树下，身姿修长如竹，白衬衫、蓝裤子，普通的衣料也被他穿出一种清逸的风骨。

他脚下放着行李箱，双手插在裤袋里，眼睛漫不经心地看着远方。

成群结队来来往往的学生和他们的家人，就像一幅流动的背景，而他的静凸显在喧闹的环境中，有种遗世独立的闲淡，似乎他站立的地方就是青山绿水，而他则是从古韵诗词中幻化而出的人物。

“陌上人如玉，公子世无双”这两句诗突然浮上心头，女孩脸上微微一热，隐隐觉得，生平所见之人，当以这个男孩最具古典气质，最当得起“公子无双”四个字。

一位烫着大波浪鬈发的少女飞奔过来，就像一只闯入画中的云雀，打破了青山绿水的静。

“知原,我已经找到了办理入学手续的地点,快跟我来!”

她气喘吁吁地说着,一手拽着男孩,一手自然而然地拖起他脚下的行李箱,快步朝前走去。

男孩乖乖地跟着她,就像一个被挟持的人偶。

因为要去的是同一个地方,所以女孩一直跟在两人身后,好奇地观察着,猜测他俩是什么关系。

姐弟?外貌上没有任何相似之处。从两人举止的亲密程度来看,应该是一对情侣吧。

女孩心中突然有种莫名的失落,更加仔细地打量那两人,觉得他们看上去似乎并不怎么般配。

少女穿着吊带背心、热裤,化着浓妆,一头鬈发令她看上去更加成熟。虽然长得还算漂亮,但也只能称为俗艳，跟气质脱俗的男孩在一起显得格格不入。

女孩觉得有些遗憾，那个看上去像不食人间烟火的男生，怎么会找这样一个一看就是在红尘中打了无数滚儿的俗气女友呢？

她不远不近地跟着那一对，不知不觉就到了大礼堂。这里是学校举行集会的地方，现在临时充当办理入学手续的地点，还开了空调，让新生们免去了烈日暴晒之苦。

礼堂里人很多，每个点都排起了长龙。在办理校园一卡通的地方，那对情侣恰巧排在女孩前面。鬈发少女一直兴奋地说个不停，提醒男孩注意这个，注意那个。男孩依然是一副漫不经心的样子，间或应答一声。

少女热情洋溢的声音不时飘进后排女孩耳中。

“我已经在学校外面租好了房子，明天就去打工，你只管安心学习，不用操心学费生活费的问题。”

“不用，我打算勤工俭学，找个家教什么的，可以养活自己。”男孩的声音也很好听，就像凯文·科恩的钢琴曲《绿色花园》，有种如水般清澈明净的美。

“不行，那会耽误你练琴。你不是一直想在国际大赛上获奖吗？如果不能全力以赴，怎么实现你的梦想？”

少女絮絮地叨念着，男孩沉默了。

长龙慢慢朝前移动，知了的叫声从礼堂外的黄桷树上传来，聒噪得令人心烦。

鬈发少女饶有兴致地东张西望，满目都是外形出众的俊男美女，她那对精心描画的柳眉不觉拧了起来，突然用力扯了男孩一把，压低声音说：

“你们学校美女这么多,你可不准变心,否则我跟你没完!”

声音虽小,但这句话还是清晰地落入后排女孩的耳中,她忍不住扑哧一下笑出了声。

鬈发少女突然转过头,眼神如寒钉一般朝她狠狠刺来!

04

“咣当！”

我被门与墙的撞击声惊醒了，睁眼一看，先前那个闹着换宿舍的女生冲进了屋，一屁股坐在凳子上，嘤嘤地哭个不停。

她母亲则在一旁唉声叹气地劝慰：“学校不同意我也没办法。你想想看，如果谁一不满意就去换宿舍，学校的安排岂不乱了套？何况现在别的宿舍都排满了，也没有多余的床位给你。梅梅，你讲点道理好不好？”

“我不听！我不听！我不听……”

女生捂着耳朵一个劲儿地跺脚,终于把她妈惹恼了。

“入学手续都已经办好了，剩下的事儿你自己解决,妈还要回去上班,有什么事儿打电话。”

撂下这句话后,她妈真的不管不顾地走了。

女生惊愕得忘了继续哭泣,或许因为她妈走了,不知道哭给谁看,所以只好止了泪,闷坐在一旁。

我觉得应该说点什么来打破难堪的沉默,于是笑道:“住这间宿舍也没什么不好,你瞧,视野开阔,阳光充足,环境还不错。”

“可是这里死过人。”

“那个女生又不是死在这间房里。刚才我在她床上睡了一觉,也没觉得有什么异常。”

“你睡了一觉？”女生精神一振,凑过来神神道道地问我,“你有没有做噩梦,梦见女鬼啊冤魂什么的？”

女鬼？冤魂？

我不禁哑然失笑,细细回想梦中情景,印象最深的就是那对情侣,清雅如竹的男生,以及那个跟他并不怎么般配的少女。

突然觉得男生的样貌有些熟悉，很像一个人。

到底是谁呢？

我正蹙眉苦思，手机铃声却在这时响了起来,是干妈打来的电话。

“雨琪，到学校了吗……晚上到干妈家来吃饭,我做了你最喜欢的糖醋鱼……”

“好的,谢谢干妈！”我礼貌地回应着。

干妈吴佩芸是这所音乐学院的教授,也是过去几年教我钢琴课的老师,我报考这里还是她给的建议,于情于理我都应该去她家拜访一下。

接完电话，宿舍里另外两位女生也先后到了,大家说说笑笑地聊了一阵儿,感觉挺投缘,于是按年龄排了顺序,彼此以姐妹相称。周南茜是大姐,后面依次是郑露薇、王亚梅和我。

四个女生一起动手，把房间打扫得干干净净,又贴上自己喜欢的海报,摆上家里带来的小玩偶、小饰品,周南茜还变戏法似的掏出两个绿色盆栽,笑道:“在校门口买的,怎么样,不错吧？”

一番装扮下来,403 宿舍顿时焕然一新,颇有几分少女闺房的情调。

傍晚,郑露薇提议大家一起去校外的餐馆吃饭,我因为答应了干妈,只好推托了。三个女生离开后,我正要动身,又接到冯凯的电话,说要请我吃饭,庆祝我第一天入学。

当得知我要去干妈家时,他兴奋地说:“我也去！好久没去吴阿姨家了，还挺想念她做的糖醋鱼。”

我无奈地挂断了电话，为这家伙牛皮糖一样的黏性，以及堪比城墙的厚脸皮头痛不已。

晚上在干妈家，果然见到了冯凯。那家伙正老实不客气地捧着一块西瓜大啃特啃，干妈则在厨房忙着准备晚餐，我想去帮忙，却被她坚定地推出来：“去陪冯凯聊聊天，晚饭有干妈张罗就行了。”

我只好到客厅坐下。冯凯笑嘻嘻地递给我一块西瓜，说：“挺甜的，来一块！”我接过西瓜，跟他有一搭没一搭地闲聊着。

冯凯家以前跟干妈家是邻居，前几年才搬走。这家人几乎是看着他长大，他嘴巴又甜做事又稳，甚得干爹干妈的欢心，有什么事儿都爱找他帮忙，差不多拿他当半个儿子看待，而他也经常来这儿蹭饭，一点也没把自己当外人。

晚餐开始前，干爹温毅轩才回来，他是这所音乐学院的院长，外表儒雅却不苟言笑，虽然他从没对我说过重话，但每次看到他那张严肃的面孔，我心里还是有点发怵。

“今天不是有饭局吗，怎么这么早回来？”干妈诧异地问。

“推了。”干爹简短地说了两个字，就在餐桌前坐下。

桌上摆满了丰盛的饭菜，干妈看看我，又看看冯凯，突然有些伤感地说：“咱们一家人好久没这样坐在一起吃过饭了。”

冯凯夹了一块鸡肉给干妈，嬉皮笑脸地说：“吴阿姨，雨琪不是来这儿上学了吗？以后有的是机会一起吃饭。”

“说的也是。”干妈擦去眼角的泪花，对我转颜笑道，"雨琪，我看学校宿舍乱糟糟的，你住着肯定不习惯，要不就住在干妈这儿？"

我一愣，想拒绝却又不知该怎么开口。

这时干爹却替我解了围："还是住宿舍吧，不要搞特殊化，年轻人就应该锻炼一下自己，融入集体，学会怎么跟他人相处。"

"你又来了，当初就是你坚持让紫涵住宿舍，结果……"干妈生气地瞪他一眼，眼眶都红了。

"紫涵那小姐脾气就是你给惯出来的！"干爹皱着眉头不悦地说。

眼看餐桌上就要爆发一场战争，冯凯这个万金油赶紧出来打圆场："温叔叔，吴阿姨，我看还是先让雨琪住宿舍吧，以后如果住得不习惯再搬过来，怎么样？"

"好吧。"干妈无奈地说，"雨琪，如果住得不开心，或者有谁欺负你，一定要跟我说，干妈会替你做主。”

“吴阿姨您就放心吧,有我在,谁也欺负不了雨琪!”冯凯拍着胸口保证。

这顿晚饭，就此确立了冯凯护花使者的地位。

晚上,他送我回宿舍时,恰好被吃完饭回来的三位室友撞见了。冯凯走后,三个先前还维持矜持仪态的女生,完全不顾形象地尖叫起来。

“天哪,好帅!”王亚梅捧着胸口,一脸花痴状。

“是你男朋友吗?”八卦的郑露薇迫不及待地问。

“快说,他还有没有什么兄弟,堂兄、表弟也行,赶紧给我们介绍一个。”周南茜更是毫不知羞地直奔主题。

“各位大小姐!”我清了清嗓子,一脸庄重地说,“请记住,你们都是淑女,淑女!”

我刻意咬得很重的“淑女”两个字,却换来她们的一片嘘声。

“现在不流行淑女了,我们要做新时代的女汉子!”

周南茜把她那头清汤挂面的披肩长发卷起来堆到头顶,拿根夹子一夹,顿时有了几分杀马特的风格,再把衬衫打个结推高,露出一段雪白的小蛮腰。

她打开手机,一段劲爆的英文歌曲在宿舍里响起。她随着节奏扭动起来,一边跳一边冲其他两个女生招手:“Come on,Baby!(动起来,姐妹们!)”

两个女生也加入了她的热舞行列,又跳又唱,扭腰甩胯,花样百出。

“你们可是音乐学院的女生,要不要这么辣

眼睛啊！”我捂着脸扑倒在床上。

三个女生却不肯放过我，轮番上前对我狂轰滥炸。

“快说，你们是怎么认识的？”

“感情进展到哪一步了？”

“牵过手吗？Kiss(吻)过吗？嘿嘿嘿……”

三个女汉子的拷问功夫我实在招架不住，只好老实交代了认识冯凯的经过，以及自己对他的真实感觉。

“……我们就是这样认识的。他一直很照顾我，就像大哥哥一样，让我觉得很温暖，很有安全感。有时他给我的感觉既亲切又熟悉，就像认识了很多年的朋友。但也仅限于此，或许……他并不是我喜欢的类型吧。”

“那你到底喜欢什么类型？”三位室友异口同声地问。

“我喜欢的是……”

梦里见过的男生突然浮出脑海，心脏顿时像受到电击一样咚咚跳动起来，仿佛被一种神秘的力量操控着，我情不自禁地说：“他要有清澈的眼神、干净的气质，仿佛不染人间烟火，就像古诗里所写的那种翩翩如玉的公子……”

“喊，你是不是言情小说看多了，现在哪里还能找到这种人？”

三个女生对我的幻想嗤之以鼻，又不忘提醒我：“冯凯已经很不错了，你可千万别错过，否则以后肯定会后悔！”

“好啦，好啦，我要睡觉了！”

我把被子往头上一蒙，总算暂时躲开了三个女生的聒噪。

05

这堂选修课一定很受欢迎，教室里座无虚席，连过道上都挤满了人。

“请问，这儿有人吗？”

一个清澈的嗓音突然在耳边响起，女孩的心猛然一跳，一抬眼，就看到了他！

开学两个多月了，这还是他第一次跟她说话。也不仅仅是对她，其他同学他也不怎么搭理，总是独来独往，学习、吃饭、练琴、睡觉……

他的世界似乎只有钢琴，再也容不下别的。

同学们背后都叫他“怪人”，而教过他的教授却无不对他赞不绝口，认为他是难得一遇的天才学生。

他的才华和特立独行的气质，就像磁石一样吸引着女孩，但她矜持地不敢靠近一步。

今天，他却主动跟她说话，问：“这儿有人吗？”

女孩看着旁边的空位，桌上放着自己的书本，那是室友托她帮忙占的位置。

她的脑袋已经乱成了一团糨糊，理智尚未出来主持大局，情感就已驱使她冲动地说道：“没……没人……”

她手忙脚乱地把书拿过来，感觉到男孩在自己身边坐下，仿佛带来一阵灼热的风，令她脸颊绯红，心如鹿撞。

老师开始上课了，教室里响起抑扬顿挫的声

音。迟来的室友看到没帮她占位，不满地嘟着嘴，到过道上跟别的同学挤在了一起。

这一切女孩全无所觉，似乎那个男孩坐下后，就把她带入了一个与世隔绝的空间，用他无所不在的气息笼罩着她，在他和她之外的地方设下了一道不可逾越的结界。

在只有他们两人的世界里，女孩忍不住偷偷看他，第一次在这样近的距离看他。

他的皮肤白皙得令人惊叹，只有长年累月把自己关在琴房练琴的人，才会有这样未被阳光熏染过的苍白得近乎透明的肌肤。

他的五官精致得宛如工笔绘就：弧线优美的嘴唇，似春水绕过溪流的一弯；俊秀挺拔的鼻梁，像云天之外的孤崖，有一种清冷的高傲。

他专注的模样，像古希腊美少年的雕像；而他的呼吸，则像起伏舒缓的乐章……

他拿笔的手，掌心厚实，指尖圆润，因为长久的练习显得比常人更加强健有力。

这是一双专为钢琴家所生的手，它可以灵活地弹奏出暴风骤雨般的曲子，而有时它抚过琴键，却又温柔得像摘下清晨枝头一朵带露的鲜花……

如果她能变成一个幸福的琴键，被那双手温柔地抚触，不知会是什么样的感觉……

“同学——”

他的声音猝不及防地响起，就在她看他的手看得入迷的时候。

她心里一哆嗦，霎时羞得连耳根都红了。

仿佛深埋在地底的最隐秘的心思，突然被人一铲子挖开，暴露在光天化日之下，令她羞窘得恨不能化作一股轻烟，在他眼前消失得无影无踪。

“什……什么……”她的舌头像打了结，突然痛恨自己的失态，痛恨被他看到自己这样一副花痴的模样。

“我的笔没墨了，能借你的笔用一下吗？”他彬彬有礼地问。

礼貌意味着疏远，他对待每位同学都是这样，表面客气有礼，实则拒人千里。

“哦……好的……”

她忙不迭地从笔袋里取出备用的笔，正要递给对方，一抬头，却看到他的眼睛。

和她的慌乱相比，他的眼神静得像一潭古水，那水很深，也很虚无，里面没有她的影子，就算看着她，他眼中的焦点也不知落到了神游的哪个地方。

她的窘迫在他面前显得如此可笑，因为他根本就没注意到她方才在干什么，为什么会面红耳赤、手足无措，或者就算注意到了也根本不在乎。

对他而言，她只不过是个连名字都不想知道的普通同学。

她的心蓦然一凉。

06

我知道自己在做梦，因为感觉就像在看一部电影，画面切换很快，方才还是在课堂，眨眼间便到了晚上。

女孩吃过晚饭就去练琴，但临近考试，琴房早就被一抢而空。她失望地在琴房楼外的林荫道上徘徊，一边背琴谱，一边等着琴房空出来后好去捡个漏。

这是一个深秋的傍晚，落叶铺了一地，在她脚下细细地啜泣，就像秋日忧伤悱恻的旋律。

悠扬的琴音从一楼一间琴房里流淌出来，似乎也带来了流香的秋色，高天白云、远山红树，沉静而明艳，纯净又丰盈……

她被这动人的乐曲深深吸引了，不由自主地走到琴房外，透过敞开的窗户，看到了弹琴的男孩。

他修长的手指在琴键上如秋水般轻盈地流动，优雅挺直的身影更有着与秋相似的气质，那是天高云淡的秋清、明净飘逸的秋韵，以及远离尘嚣的秋禅……

一曲终了，她依然沉醉在余音绕梁的秋情中，直到一个声音突兀地响起："《秋日私语》是我最喜欢的钢琴曲，知原，你弹得真是太棒了！"

女孩的身体僵住了，她看到开学第一天见过的那位鬈发少女，穿着蓝色背心裙，从墙角一张凳子上站起来，给了男孩一个十分热情的拥抱。

男孩没有动，甚至连手指都没有从琴键上移开，和平日一样平淡、没有起伏的声音，从女友热情的怀抱中冒了出来。

“你想听的曲子我已经弹过了，能让我继续练习吗？”

“哦，好的……你练习吧……我不打扰你了……”女友尴尬地松开手，退回凳子上，又变成了一个不引人注意的隐身人。

琴音再次响起，这次却迅疾得如同暴风雨。窗外的女孩震惊得屏住了呼吸，竟然是科萨科夫的《野蜂飞舞》，它可是世界上最快、最难弹的钢琴曲之一，其速度令不少音乐系的学生也望而生畏。

男孩一改先前的沉静，整个人瞬间迸发出澎湃的激情，指尖在琴键上飞快而有力地跃动，激烈的琴音如同野蜂一般狂舞！

然而弹到某个部分时，琴音戛然而止，然后又重新开始，又停止，又开始……

反复几次后，男孩终于懊恼地用力敲了一下琴键，钢琴发出一声宛如爆发的嘶吼。然后他沮丧地把头抵在琴盖上，喃喃自语："不行，我做不到……明明我觉得已经够快了，但那种感觉……那种感觉却始终找不到……"

看见他痛苦沮丧的样子，女孩的心也揪了起来。她很想告诉男孩，他之所以弹不好，不是因为技巧不够，而是这首激烈的曲子根本就不适合他。

《野蜂飞舞》一曲出自歌剧《萨旦王的故事》，根据俄国文豪普希金的诗作改编而成。歌剧讲述了这样一个故事——

萨旦王的王后生下了王子，她的两个嫉妒她的姐姐却给远征在外的萨旦王写信，诬告王后生的是一只怪兽。萨旦王派使者回宫,降旨将王后母子装进木桶投入大海。木桶漂到一个孤岛上,王后母子死里逃生,在岛上相依为命。王子长大后,救了一只被兀鹰袭击的天鹅,天鹅变成了一位美丽的公主。她为了报恩,将王子变成一只野蜂,去寻找他的父王。而萨旦王这时也明白了王后的无辜,派人到各海岛寻找王后和王子,但是织布工和厨娘千方百计阻止萨旦王派人寻找,于是化作野蜂的王子就狠狠地痛蜇他们。

这首曲子用活泼的快板、上下翻滚的音流,生动地描绘出野蜂振翅疾飞,袭击两个坏人的情景。因为弹奏的难度大,所以常被人当作炫技的乐曲。

但它真的不适合男孩，他那样淡泊的人,怎么可能弹出曲中那种攻击别人的仇恨、激烈的感觉呢?

几乎就在男孩痛苦发泄的同时，他的女友从凳子上跳起来，一把将男孩搂进怀中，将他沮丧的脑袋安放在胸口，像个极具耐心的慈母一样安慰他。

“你弹不好这支曲子，只是因为练习得还不够，教授们不都说你是天才吗？假以时日，什么样的曲子你都能弹得很好。刚才那首《秋日私语》不就弹得很完美吗？”

“别再说什么《秋日私语》了！”男孩咬着牙道，“那是弹给你这种外行取乐的，对我来说，它没有一点难度，没有一点挑战！我必须弹奏难度更高的曲子，必须不断突破自己，必须每天看到自己进步，懂吗？”

“我懂，我懂……”女友不再说话，只是温柔地抚摩着他的脑袋，在这种近乎催眠的抚慰下，男孩终于平静下来。

从窗外看去，屋内的灯光静默而温馨，将二人相拥的身影勾勒成一幅优美的剪画。

一阵冷风袭来，女孩打了个寒战，喉咙突然像针刺似的发痒，虽然她拼命想要忍住，但依然不受控制地爆出了一声压抑的咳嗽。

在这静谧得只有音乐流淌的夜晚，这声突兀的咳嗽就像一块打破平静水面的石子儿，屋内两人霎时像受惊的鸟儿一样分开，四只眼睛齐刷刷地朝她看来。

那一刻，女孩觉得自己就像被四只冰灯给射穿了魂魄，周身发冷，却动弹不了半分。

07

清晨的音乐铃声唤醒了我，这是开学第一天的早晨。

虽然睡了一晚上，但我醒来后依然觉得疲倦，因为做了太多梦，梦里总有那个男孩，他的模样又在我心里激起了一些熟悉的涟漪，但我怎么也想不起在哪儿见过。

这些梦境如此逼真，让我有种窥视别人生活的怪异感觉，有时甚至觉得自己就是梦中的女孩，她所见到的、经历过的一切，都是我的生活，而她的感受，也仿佛就是我记忆的一部分。

但清醒的时候，我清楚地知道，那只是梦境而已。

为什么会做这些真实得令人惶恐的梦？

我的手不由自主地按在左边胸口上，心脏在我掌下安静地跳动，而我却不安地想，这一切都是它带来的吗？

“还愣着干什么？再不起床就要迟到了！”周南茜冲我喊道。

我这才发现三位室友都已经起床洗漱去了，而我还坐在床上发呆，于是也赶紧下床，投入繁忙的一天中去。

今天上午是开学典礼，下午我们钢琴系的新生要在学校音乐厅参加“师生双选”的活动。

所谓师生双选，就是每位学生轮流上台去弹奏一首钢琴曲，展示才艺和专业技能，让坐在台下的老师挑选自己中意的学生。学生则通过校园网上发布的教师个人简历,以及他们的音乐会演奏视频和公开课视频，来挑选适合自己的老师。双向选择的目的就是为了增进新生与专业教师之间的了解,建立良好的师生关系。

在后台候场的时候,我的三位室友一边从幕后朝台下教师席上窥视,一边兴奋地议论着。

“你看到他了吗？”

“在哪儿在哪儿？”

“就在左边第三个位置上。”

“看到了看到了,真的好年轻好帅啊！”

“对对对,比我想的还要帅。如果能上他的专业课就好了,我做梦都会笑醒。”

“别高兴得太早！听一位学姐说,他对学生的要求非常严格。有次学姐上他的课,一个音弹得让他不满意，他就让她反复弹了半个多小时,上完课后，学姐跑回宿舍就大哭了一场。如果当他的学生，我还真担心被他挑刺儿呢！”

“我也听师兄说过，在他的选修课上，有同学偷懒逃课，点名时让别人帮忙答‘到’，结果被他发现了，你们猜他说什么？”

“说什么？”

“他说：‘我可能不知道你的名字，但我一旦听过你的声音，就不会忘记。’你们说，他那双耳朵是不是逆天了？”

“就是，太厉害了！上他的课真是让人既期待又害怕，既兴奋又紧张啊！”

“怕什么！只要能天天对着那张脸，就是堂堂课被他挑刺儿我都乐意！”

…………

见三个女生说得如此热闹，我终于忍不住插话：“请问你们说的是——”

“是余知原余教授啊，你不知道吗？”三个女生像看天外来客一样诧异地看着我。

“余知原”三个字落入我耳中，就像一只蝴蝶扇动翅膀，掀起了大洋彼岸的惊涛骇浪。

“余知原……知原……余知原……知原……”

仿佛被人一斧头劈开了脑中的混沌，刹那间我明白了，为什么会觉得梦中的男孩那样熟悉，因为他就是那天我在琴房外晕倒后，送我去校医室的人。

冯凯曾咬牙切齿地说出这个名字：“余知原……”

梦中少女曾多次甜腻地叫过他的名字：“知原……”

我从未想到，梦里的人物在现实中竟会真的存在，所以从未把那个送我去校医室的人跟梦里见过的男孩联系起来。

然而现在,我毫无准备地,马上就要见到他了。

“陈雨琪,该你上场了!”

我情不自禁地打了个冷战,梦中少女的紧张感仿佛也传染给了我。

我抱着琴谱, 浑身关节都像锈住了一样,僵硬地走了出去,眼神却不受控制地瞟向了台下的教师席。

那里大约坐着十几位老师,坐在左边第三个位置的就是他,穿着简洁的白衬衫,容貌俊秀却清冷如雪。

我根本不敢仔细看,目光匆匆自他身上一掠而过,就移向了别处。

然而只是这浮光掠影的一瞥,就已让我的心跳得激烈无比, 甚至牵动我的身体都在微微颤抖。

是害怕还是兴奋？

我竟然分不清楚，只觉得整个人都像浮在空中，变得轻飘飘的没半点重量，就连大脑都变成了满是雪花的屏幕，杂乱而空白。

我都不知道是怎么走到钢琴前坐下的，把琴谱立在琴架上，定了定神，翻到拉威尔的《夜之幽灵》组曲，准备弹奏其中的一首《水妖》。

它是我最喜欢的乐曲之一，总是吸引我反复弹奏它，并沉浸在某种情绪中无法自拔。就连“双选”的琴艺展示，我也毫不犹豫地选择了它。

虽然已经弹得十分娴熟，但今天我却意外失去了对它的掌控。大概太紧张了，才弹一个乐句，我的手就打了滑，发出一声难听的破音。

刹那间，全身的血液仿佛都涌到了脸上，热辣辣地胀痛。

作为钢琴系的学生，竟然犯这样低级的错

误，简直令我无地自容，恨不得原地爆炸。

估计我现在已经上了所有老师的黑名单，没有人会再选我了吧。

我无措地呆坐在那儿，直到听见一个温和的声音："别紧张！"

那声音很熟悉，曾经清澈明净的少年嗓音，多了几分成熟的磁性，好听得就像顶级的施坦威钢琴所发出的温暖而宽厚、明亮而华丽的声音。

这个声音暂时安抚了我紧绷的神经，为了让心情尽快放松下来，我深深吸了口气，闭上了眼睛。

整个世界变得一片漆黑，然后，猝不及防地响起一阵热烈的掌声。

眼前灯火辉煌，我惊讶地发现，音乐厅竟然在举行一场盛大的音乐会。

热烈的掌声是送给前一位演奏者的，他正在

风度翩翩地谢幕，一身笔挺的燕尾服令他显得越发俊美，就像一位天生的钢琴王子，优雅而高傲。

女孩正在候场，站在舞台右侧，看着男孩对观众敬完礼后朝这边走来。从经久不息的掌声中可以知道，他方才的表演有多么完美。

然而他的微笑似乎遗落在了舞台上，和女孩擦肩而过时，他的表情已恢复了惯常的淡漠，对她视若无睹，甚至连一个眼神的交流都没有。

女孩的手紧紧攥着晚礼服的下摆，脸色变得苍白。

掌声再度响起，女孩上场了，她走出去时已是满脸微笑，绿如碧水的礼服勾勒出她美好的身体曲线，微扬的下颌有一种骄傲的美。

越是受伤，就越是骄傲，被掌声环抱的她美得就像孤独的水中仙子。

层层叠叠的礼服如水般流过琴凳，女孩坐在

钢琴前,开始弹奏《水妖》。

我的手指落在琴键上,弹出第一个音符……

"朦胧的睡梦里,我仿佛听见一阵美妙和谐的声音,在我身畔,散播着呢喃低语。忧郁柔和的歌声,忽断忽续。听啊,听啊,是我,水之精灵……"

女孩纤长的右手柔若无骨,在大三和弦及其半音之间不断交替、重复,舒缓而轻柔地起伏着,描绘出水波涟涟的迷人景象,音色清亮,神奇又浪漫。

我的左手弹奏出抒情悠扬的主题旋律,通过细微的半音变化不断移调,明暗相间,恍惚迷离,仿佛在倾诉遥远的情思,在轻声吟唱着内心深处的渴求和爱慕。

左右手相互交织在一起,我和女孩的身影交错、重叠,音乐在微波荡漾的水面起伏跌宕……

水妖诱惑着自己所爱的青年，在他耳边喃喃低唱,哀求他接受她的指环,成为她的丈夫,一起去拜访她的宫殿,做众湖之王。

乐声渐渐变得哀怨，水妖被无情地拒绝了，青年说他爱着一位凡间的女子,所以不能接受水妖的爱意。

泪水涌出了眼眶,水妖在幽怨地哭泣,琴声渐强,女孩被嫉恨撕扯着胸膛,激烈的琴音像水妖发出的疯狂大笑,她突然消失在骤雨中,水珠沿着蓝色玻璃窗淙淙而流……

泪水滴落在琴键上,女孩在暴风雨般的掌声中抬起头,一眼看到了站在舞台右侧的他。

四目相对的一刹那,她在他眼中看到了惊讶和欣赏。

那是她第一次看见那个人露出冷漠之外的表情,那样生动而炫目,就像一道闪电瞬间击中了她的心房。

掌声响起时，我泪眼迷蒙地朝台下看去，看到余知原震惊的面孔，仿佛一场雪崩，他颤着嘴唇，无声地说了三个字。

心有灵犀一般，从他的口型中，我瞬间读出了这三个字。

“温紫涵！”

08

“你们准备选哪位老师？”

回到宿舍后，几位室友拿着学校发的《专业主科教学师生双选表》，又开始热烈讨论起来。

“当然是余知原老师啦！”

“听说很多同学都想选他，但每位老师最多只能招三个学生，万一咱们选不上怎么办？”

“不是可以填三个志愿吗？第一志愿填余知原，另外两个志愿填别的老师，第一志愿落选，还有第二、第三志愿保底嘛！”

“万一三个志愿都没选上呢？”

“你开学典礼开小差去了吗？没听老师介绍双选规则？落选的学生系里都会为他指定一名老师，总之保证每个人最后都有‘归宿’，所以你放心好啦！”

“指定的老师不一定合意，所以我还是要慎重选择一下。快，上校园网，看老师们的资料！”

大家纷纷打开电脑，去网上看资料，宿舍里不时响起惊叹声。

“哇，周老师竟然获过这么多奖！”

“陈教授弹琴的样子真是太优雅了！”

“李老师是海归，人又年轻，跟她更容易有共同语言，还能学到一些新东西。”

“张教授年纪虽然大了点，但据说最是和蔼可亲，在他手下容易过关，不会挂科。”

“不过我还是最喜欢余教授。听说他以前也是这所音乐学院的学生，被誉为天才的钢琴演奏家，拿过好几个国际大奖，才毕业没几年就评上了副教授，真是前途无量啊！”

“就是就是，这么年轻，这么英俊，还这么有才华……”

“名师出高徒，我的第一志愿非他莫属！”

…………

我把电脑鼠标移到“余知原”这个名字上，轻轻一点击，他的履历便呈现在我的面前。

文字简介、新闻报道、图片、视频……

丰富的内容帮我一点一滴地完善了梦中那个男孩成长后的样子。

几个颇具分量的国际大奖证明了他不俗的实力。

音乐会上，高雅从容的舞台形象、精湛细腻

的演奏风格,轻巧灵动的手指仿佛在琴键上书写着一首首清澈优美的诗。

公开课上,儒雅的风度、渊博的学识、不凡的谈吐、深刻的见解,无不令人心折!

担心我不熟悉学校老师的情况,干妈早就跟我说过“双选”的事,并向我推荐了三位优秀的老师。但看完资料后,我默默删去了其中一位,在第一志愿里写上了“余知原”的名字。

交双选表时,周南茜瞟了一眼我的表单,抿唇笑道:“咱们宿舍四个人第一志愿都填了余知原,也不知道最后那个幸运儿是谁。”

“是我是我是我是我……”王亚梅边扭边唱。

“我去转条锦鲤,说不定好运就能落到我头上。”郑露薇手指在手机屏幕上飞快地戳着,把一张明星锦鲤图转发了出去。

人类都有种从众心理,看见别人转,自己也

要跟着转，毕竟这种跟风转发也不需要成本，反正动动手指而已，不灵也没什么损失，万一灵了呢？

可惜这次锦鲤没灵验，第二天师生双选结果公示在校园网上后，王亚梅第一个看到，她的尖叫声几乎要把我们宿舍的天花板刺穿一个洞。

“天哪，竟然是陈雨琪！我们宿舍唯一的幸运儿。为什么不是我？为什么不是我？老天爷啊，你太不公平了！呜呜呜……”

她边尖叫边抓住我揉来揉去，我苦着脸任她“蹂躏”。另两个看热闹不嫌事儿大的，也加入了“战团”，对我上下其手。最后我顶着一头乱糟糟的头发、皱巴巴的衣服，总算脱离了她们的“魔爪”。

“今天不洗手了，沾了你身上的运气，我决定去买张彩票。”郑露薇一本正经地嗅了嗅手指，决定把“封建迷信活动”进行到底。

“说，你到底用什么秘密武器，攻陷了余教授的心？”王亚梅摆出拷问我的架势。

“得了吧，人家雨琪那天确实弹得很好，凭实力选上，你就认命了吧！”周南茜说。

“雨琪，我好羡慕你啊！”三个女生围着我，开始假哭。

我被这三个戏精弄得哭笑不得，一人赏了一记拍头杀。

“好了好了，你们也别灰心，余教授不是还要上中外音乐赏析课吗？在大课上你们也能见到他。”

听我这样一说，三个女生才破涕为笑，疯闹着又在宿舍里开起了演唱会。

我忍俊不禁地摇摇头，看了眼课表，我们的

钢琴专业课都是一对一的教学模式，每周有一节小课，而第一堂专业课就安排在明天上午。

没想到这么快就要见到他了，我的心跳突然加剧，快得似乎都不再属于自己。

09

第二天，我提前到了教室，紧张不安地等着余知原的出现。

到了上课时间，门外准时传来脚步声，舒缓而从容，就像刚刚响起的《卡农》钢琴曲。

我屏住了呼吸，教室里静得像被消去一切杂音的真空，能清楚地听见自己的心跳声，擂鼓一般，声声响在耳边。

在一种虚幻的、不真实的恍惚中，我看见他走进来。

不再是男孩了，他已褪去了少年的青涩，多了几分成熟，而独属于他的淡泊气质，不但未曾因岁月消减，反而因为教授的身份，更增了一重威严的冷。

我僵坐在那儿如同石化，想说两句问候的话，喉咙却紧得吐不出半个字，唯有心跳得像脱缰的野马，似乎随时会冲出胸腔，扑向那个如魔咒一般折磨着它的人。

“开始上课吧。”他淡淡地说，把一份琴谱摆在我面前，“先弹一下这首乐曲。”

我看着标题：《水边的阿狄丽娜》。

这并不是教学所规定的曲目，虽然心中疑惑，但我还是依言开始弹奏。

这首乐曲很有名，理查德·克莱德曼曾凭它获得过金钢琴奖，是一首传遍世界的名曲。人们经常能在餐厅、咖啡馆听到它，即使对音乐一窍不通的人，也或多或少听到过那熟悉的旋律。

作为一首脍炙人口的通俗钢琴曲，它的旋律优美动人，但难度并不大，所以我弹得十分流畅。

余知原却意外叫了停。

我停下来，不解地望着他，不明白自己哪里弹得不对。

“不是这样的，重新弹过！”

我只好重弹，然而还是不能让他满意，才弹了两句就被叫停。

“感觉不对，重来！”

“还是不对！”

“停！重弹！”

如此三番五次，他渐渐变得烦躁。

“再来一次，就照你那天在台上的方式弹！”

那天在台上的方式？我愣住了。

“陈雨琪同学，能快点吗？”余知原皱起了眉。

他原本就是个清冷的人，就算微微蹙下眉，也有种让人灵魂打战的冷。

我的手哆嗦起来，为了安定情绪，我跟那天一样闭上了眼睛。

放空的脑海里，犹如天外飞音般，突然传来一个女孩清脆的声音。

“知道为什么我得到的掌声比你更热烈吗？因为今天是在群众文化馆举行的惠民演出，是弹给没有多少艺术素养的普通人听的，所以要选择适合大众欣赏的通俗乐曲。你的古典音乐太曲高和寡，引不起他们的共鸣，当然就得不到热烈的掌声。”

“温紫涵，你非得处处跟我比是吗？”男孩恼怒的声音紧跟着响起。

“是的。”女孩高傲地说，“我不仅要跟你比谁弹得好，还要跟你比谁更受欢迎。今天是我赢了！”

“无聊！”

男孩愤而离去的背影出现在我的脑海里，同时浮现的还有女孩穿着白色礼服裙，倔强地扬着下巴，骄傲得像只白天鹅一样的倩影。

望着对方越行越远的身影，女孩脸上的傲慢渐渐淡去，苦涩一丝一丝地浮起。

“你怎么就听不懂我的琴音呢？”她轻声自语，怅然一叹。

《水边的阿狄丽娜》原名《献给艾德琳的诗》，现在的名字是从日语中翻译过来的，比原名更加美好，引人遐思，因为它来自希腊神话里一个浪漫的爱情故事。

很久以前，有个孤独的塞浦路斯国王，名叫皮格马利翁。他雕塑了一个美丽的少女叫阿狄丽娜，每天对着她痴痴地看，最终不可避免地爱上了少女的雕像。他向众神祈祷，期盼着爱情的奇迹。他的真诚和执着终于感动了爱神阿芙洛狄忒,她赐给了雕像生命,从此国王和少女幸福地生活在一起。

国王的爱，能感动爱神让雕像拥有生命,而我的爱,却不能打动你一分一毫吗?

你真是比雕像还冷漠无情的人啊!

“陈雨琪,你发什么呆?”

余知原的催促声惊碎了幻影,我的手指轻触琴键,悠扬的旋律流泻而出,就像在河边撩起了轻纱似的水波……

我身处的钢琴教室仿佛在不断延伸扩展,变成宽阔的舞台。

一双素洁修长的手在琴键上翻飞,长发半掩着女孩清丽的面容,琴音如甜美清新的空气流入胸肺,浪漫的爱情也跟着沁入心中……

你仿佛来到了河畔。

岸边的梧桐已经开始变黄，
秋风吹得树叶唰唰地响。
河面上荡起阵阵涟漪，
像一张被风吹皱的纸。
隐约中有一个女子在水畔，
月光抚摸着她的脸庞，
她的神情是那么陶醉，
动作是那么优雅。
女子起身准备回家，
而我，却久久沉浸在这钢琴的旋律中……

这首美丽的抒情曲，充满罗曼蒂克式的醉人芳香，被女孩演绎得十分动人，传递着婉约悠长的情思，只可惜对不解风情的人来说，这一番情意终究是空付了……

我本将心向明月，奈何明月照沟渠。

心底油然而生的遗憾叹惋，被我融入琴音

中，弹奏得荡气回肠……

“温紫涵！”

我的琴声被这突兀的三个字打断。

我心中霍然一跳，抬眼望向余知原，他的冷漠威严仿佛被不知打哪儿钻出的铁锤敲得粉碎，只剩下一脸的震惊，一脸的不可思议。

“你怎么可能跟她弹得一模一样？不，不可能，这根本不可能……”

我的手下意识地抚上左胸，那儿突然传来的绞痛让我感知到了她的存在。

温紫涵……

10

“余教授生病请假了，所以这堂课由我来代他上。”

听完代课老师的话，学生们露出一脸失望，这堂音乐赏析课顿觉索然无味了。

放学后回到宿舍，几个女生凑在一起商量要不要去看望余教授。

“那是必须的！老师生病了，我们做学生的当然应该去关心问候一下。”

“我赞成。听说生病的人都很脆弱，我们去看望余教授，他一感动，说不定以后考试对我们就会手下留情呢。”

“对对对……雨琪，你去吗？”

我愣了一下，心里有些忐忑不安。自从第一次上小课起，余知原对我的态度就很奇怪，他似乎拼命想要从我的演奏中找出另一个人。他让我弹他指定的曲目：科萨科夫的《野蜂飞舞》、舒伯特的《流浪者幻想曲》、德彪西的《月光》、勃拉姆斯协奏曲、贝多芬奏鸣曲……

“不，不是这种感觉，重来！”

他一遍又一遍地让我重复，直到我弹出令他满意的琴音为止。

只有我自己知道，每次让他满意的弹奏，都是我跟梦中女孩——温紫涵合体的时候。

当我摒弃杂念、全神贯注之际，她就会悄无声息地出现，占据我的身体，借我的双手弹奏出超越我能力的绝妙琴音。

而每次弹完后，我都能在余知原脸上看到复杂的神情：震惊、恐惧、激动，甚至痛苦……

我能感觉到他并不想听见这些琴音，但他却像个强迫症患者一样，在我身上一遍又一遍地压榨出这些令他害怕的声音。

我觉得他简直就是在自我折磨！

而我也厌恶了被当成别人替身的感觉。每周一次的专业课对我来说，变成了一种难以承受的负担。当知道自己的身体会被另一个灵魂占据时，那种害怕自己会消失的惶恐便不时地涌上心头，令我坐卧难安，晚上也是噩梦连连，好几次从梦中惊醒时都是一身的冷汗。

现在那个折磨我的人生病了，我到底要不要去看他呢？

“去吧，去吧，我们四个一起去！”

“就是啊，我们都去，就你不去，恐怕不太好吧！”

“你可是他钦点的弟子，老师生病了，哪有不去探望的道理？”

禁不住其他女生的再三劝说，我只好答应下来。

余知原就住在这所音乐学院的教师楼里，我们四个女生凑钱买了水果篮和一束鲜花，然后去了余教授家。

“你们找谁？”

开门的女人有一双厉害的眼睛，她的样貌和梦中的鬈发少女重合在一起。

我的脑袋“嗡”的一下，电光石火一般，耳边响起“啪”的一声脆响，脸上似乎传来火辣辣的刺痛，就像一把牛毛钢针猝不及防地扎在我白嫩的面皮上。

极度惊愕又极度屈辱的感觉，令我的心脏突然迸发出一阵难以忍受的剧痛。

“这一耳光是警告你，”鬈发少女指着我的鼻子骂道，“别再欺负我家知原，否则我会要你好看！”

我咬着牙吸气，眼前阵阵发黑，隐约听到旁边有人说：“师母好，我们是余教授的学生，听说他生病了，所以来看望他。”

我打了个冷战，突然清醒过来，发现自己方才竟在不知不觉中陷入了噩梦般的幻觉。

眼前这个女人和梦中所见的少女相比，明显苍老了不少。她原本年龄就比余知原大几岁，现在已步入中年，眼角有了细小的皱纹，紧抿的嘴角显出深刻的纹路，令这张脸多了一种令人生畏的专横。

大概养尊处优的生活过久了，她的身体也像

一般中年妇女那样发了福，变得有些臃肿。鬈发盘成了一个老气的发髻，显得严肃而古板。当年的俗气，因为披着青春的外衣，还能让人觉得艳丽，现在岁月磨去了那份张扬的亮色，便只剩下一种暗淡而平庸的俗。

在我们这群具有艺术气质，又正值青春年华的女生面前，她的平庸便被衬托得越发明显。而她似乎也意识到了这一点，所以嘴角抿得更紧了，深深的法令纹锐利得像两把刀，没有表现出丝毫欢迎的样子，只是冷漠地把门打开，冷淡地说："进来吧！"

我们鱼贯而入，女人一边接过果篮和鲜花，一边朝里间喊："知原，你的学生来看你了。"

余知原趿拉着拖鞋走了出来，他穿着宽大的家居服，脸色蜡黄，模样憔悴了许多。

他招呼我们在客厅沙发上坐下，略为拘谨地

说:“其实也没什么大碍,你们用不着这么麻烦地来看我。”

“都得肺炎了,还没什么大碍?”师母不满地瞪了他一眼，又对我们几个说,“你们这位老师哪,弹起琴来连命都不要！感冒了也不好好休息,还每天跑琴房弹八个小时的琴,我说你都是教授了,用得着这么拼命吗?家里又不是没有钢琴,学校琴房那么冷,还非跑那儿去作践身体……”

“艳玲,你少说几句行吗?也不怕叫人笑话。”余知原敛起了眉心。

师母脸色一下就变了:“生病的又不是我,我怕谁笑话?”

“你让我安静一下行不行?”余知原捂着嘴无力地咳嗽起来。

“医生说你要多静养,还是回床上躺着吧。”师母神色缓和了一些,但说话依然不那么客气。

“不用。学生刚来我就去躺着，像什么话？”余知原摆了摆手，咳喘着说。

师母的眼神像两根冰锥子，冷冷地朝我们刺来。

大家惊觉地说：“余教授，我们就不打扰您休息了，祝您早日康复！”说完赶紧起身告辞。

余知原似乎拿他这位独断专行的妻子毫无办法，也没敢再挽留我们，只好送我们到门口。视线扫过我脸上时，他突然愣了一下，说：“陈雨琪，你的脸色很不好，是不是生病了？”

“没，没有。”我连忙摇头。

周南茜在一旁说：“雨琪，你晚上是不是老做噩梦？有好几次我听到你在梦中哭喊，把我都给吵醒了。”

“我也听到了。”王亚梅心直口快地说，“是不是你那张床有问题？我早就说过，死人的床睡不得！”

“死人？”胆小的郑露薇吓得脸都发白了。

“是啊，她睡的床就是上上届一位跳楼死去的学姐睡过的。”

“该不会是学姐的鬼魂缠上你了吧？”

我还没来得及答话，郑露薇已吓得惊声尖叫：“我胆子小，你们可别吓我！”

一阵突然爆发的咳嗽声打断了我们的交谈，余知原这次咳得特别厉害，满脸潮红，额角青筋爆绽，简直像要把心肝肺腑都咳出来似的。

“余教授，您没事吧？”大家都担忧地望着他。

“还不快回床上躺着！送什么送？人家有脚自己会走，非跑门口吹冷风，还嫌病得不够重是吗？”

师母走过来一通连珠炮轰，吓得我们再也不敢逗留，同情地看了一眼咳得说不出话的余教授，逃也似的离开了他家门口。

到了楼下，女生们你看看我，我看看你，忍不住咂舌惊叹。

“师母好凶啊！”

“余教授天天跟这个母老虎待在一起，真是太可怜了！”

“你们大概不知道吧，咱们这位师母啊，以前可是很出名的。”

“很出名？她也拿过什么国际大奖吗？”

“哈哈，你想多了，这位师母连大学都没上过。”

“那余教授怎么会看上她呀？”

“听说她家跟余教授家是邻居。余教授的父亲死得早，剩下孤儿寡母生活得很艰辛，全靠师母一家接济他们，听说他读大学的学费和生活费都是师母打工赚的。余教授能有今天的成就，师母功不可没。所以我猜他娶师母，大概是为了报恩吧。”

“你说师母很出名是怎么回事儿？”

“听说当年师母为了多赚钱，就跑到酒吧陪酒，跳艳舞，结果被人拍下照片发到我们学校的论坛上。发帖的人还指名道姓地说余教授靠女人养活，是吃软饭的。听说余教授当年性格高冷，又很受老师们的青睐，不少人都在暗中嫉妒他，这帖一出来，余教授就被骂得很惨，而这位跳艳舞供他读书的师母也就大大地出名了。”

“我看教授还是有良心的人，最后他不是娶了师母吗？”

“可不是！听说当年院长的女儿也很喜欢他，向他表白被拒绝了，一时想不开还跳了楼。”

“真的？”

“还有这样的事儿？”

"太离奇了,简直比言情剧还曲折。"

这段关于余教授的对话在几个女生的一片惊叹声中结束了，而我却陷入更深的迷茫中,胸口那儿传来阵阵激烈地跳动，就像一台抽水泵，把回忆一段接一段地压入我的大脑……

11

“温紫涵，你太过分了！艳玲有什么做得不对的地方，我向你道歉！你有什么不满都冲我来，为什么要发那种帖子？为什么?！”

怒火撕裂了余知原清俊的面容，他的女友任艳玲站在旁边，一脸阴毒地盯着女孩，若不是顾及她身边站着个冯凯，估计早就冲上去猛扇对方耳光了。

面对余知原的质问，女孩气得指尖都在颤抖，但她咬着牙生生忍住了，身子依然站得挺直，就像一只即使受伤也依然骄傲的天鹅。

她望着余知原，似乎不屑于辩解，只是冷笑道：“在你心里，我就是这种人？你连问都没问过我，就认定那张帖子是我发的？”

“除了你还会有谁？你总是处处针对我，处处跟我过不去。艳玲只不过帮我抱不平，打了你是她不对，我可以代她向你道歉，或者让你打回来也行。但你为什么要发那些照片？你知不知道她有多伤心？她做这一切都是为了我，因为我她才不惜委屈自己，而你却当众揭她的伤疤，不觉得太过分了吗？”

“是啊，所以，你就是一个吃软饭、没骨气的男人！”冯凯在一旁阴阳怪气地说。

余知原就像被毒针狠狠蜇了一下，脸色霎时变得铁青。

“不准这么说知原！”

任艳玲恼怒地扬起手，却被冯凯一把擒住了手腕，“你敢再撒野，别怪我不客气！”

他目光冰冷，手指用力，痛得任艳玲眼泪都快流出来了。

“放开她！”余知原吼道。

“放？”冯凯冷笑道，“她竟敢打紫涵，我没卸她一条胳膊算是客气了。这么不要脸的女人你还护着干什么？知道她给你戴了多少顶绿帽吗？也只有你这个傻瓜才把她当个宝！”

“别听他胡说，知原！”任艳玲惊慌又凄厉地叫道，“我从来没有做过对不起你的事。”

“哈哈，好一副为男友忍辱负重的模样！其实你不过就是瞅着他有前途，所以才不惜血本地在他身上投资，想套牢这个金龟婿。余知原，你就心安理得地让自己的女友供养？你还算个男人吗？我真瞧不起你！”

“够了！”女孩突然喊道，“冯凯，放开她！”

冯凯不情愿地松开手，任艳玲龇牙咧嘴地揉着手腕，她不敢对冯凯怎么样，只把怨毒的目光狠狠刺向女孩。

女孩却连看都没看她一眼，只望着余知原，问：“你想怎么样？”

“我要你删掉帖子，并向艳玲道歉！”

“删帖可以，道歉不行，我从来不会为自己没做过的事道歉。”

“你还敢狡辩！”任艳玲愤恨地嚷道。

“好吧，”冯凯突然说，“你们都误会了，其实是……”

“冯凯！”女孩突然打断他，对余知原说，“要我道歉也不难。下个月的钢琴选拔赛，我们就来赌一局。如果我输给了你，我就删掉帖子，并向你和任艳玲道歉。如果我赢了……”

她的视线转向任艳玲，扬起下颌，一字一顿地说：“你就必须离开她！”

“不，我不接受！”余知原脱口说道。

“难道你认为自己会输？”女孩似笑非笑地瞅着他，“难怪大家都说你没骨气，原来你连接受挑战的勇气都没有！”

“知原，跟她赌！你绝不会输的！”

任艳玲毫不示弱地盯着女孩，咬牙切齿地说：“我还有个条件，如果你输了，就必须在校园里当众下跪，向我们道歉！”

女孩目光一冷，死死地盯着她，空气宛如凝固一般。

“好，一言为定！”

她掷地有声地回答，毫不退缩地迎着任艳玲挑衅的目光，两人眼神如刀剑一般交锋，溅起四射的火花！

12

我的手指刚弹出第一个音符，就被打断。

“不对，不是这种感觉，重来！就弹开头，直到找到感觉为止。”

在余知原的要求下，我只好一遍又一遍地弹着第一个音符，手指提起又落下，落下又提起，我心烦意乱，完全无法专注，甚至在下意识地抗拒，拒绝再被另一个灵魂占据身体。

下课时间到了，我因为没有弹出令教授满意的乐音，被留下来，反反复复弹了近半个小时。

我越来越烦躁，而余知原站在窗边，双手插在裤袋里，望着天上的浮云似乎陷入了沉思，没有丝毫让我停下来的意思。

我终于忍无可忍地爆发了，停下弹奏，霍地站起身，大声说："我不是温紫涵，请老师不要再把我当成她了好吗？我实在受不了了！"

说到最后一句时，我的声音已然哽咽。这段日子所受的精神折磨，各种委屈和焦虑一起涌上心头，让我几乎陷入崩溃的边缘。

"你怎么知道温紫涵？你认识她？"余知原转过头，震惊地问。

她就在我的身体里！

我很想吼出这句话，但残存的理智约束了我，我不想被当作疯子，所以说："她母亲是我的干妈，也是我的钢琴老师。"

"难怪你的演奏这么像她……"余知原低下

头,像松了口气,又像有种莫名的惆怅。

“为什么一定要让我弹得跟她一模一样? 为什么你对一个死去的人这么感兴趣? 传言说温紫涵很喜欢老师, 向你表白却被拒绝了, 是真的吗? ”

我一口气问出了一连串尖锐的问题,对方是我的老师,这些问题已经大大逾矩了,但我什么都不管了,只觉得自己必须要找到答案,必须弄清楚温紫涵和余知原之间到底是怎么回事儿,否则我就会不停地做那些奇奇怪怪的梦,不停地感受到心脏时不时就来一记犹如重击的剧痛。

“喜欢我? ”

听到我的问题后, 余知原诧异地看了我一眼,然后露出自嘲的笑:“传言错得太离谱! 温紫涵她……从未喜欢过我, 相反, 她还非常讨厌我。”

“讨厌你？”我被这句话猝不及防地呛了一下。

“没错。在我们那一届学生中，温紫涵是一颗耀眼的明星。她的父亲是院长，人又长得美，一直是众星捧月的对象，而她的才华更是出类拔萃。我一直觉得，她就是人们说的那种‘比你出身好，比你聪明，还比你努力’的人。她从来不需要为生活担忧，可以一头扎进音乐的世界，因为真正的热爱而无休无止地练琴。而我，从来没有喜欢过钢琴，但大家都说我有天赋，而这也是我唯一能改变命运的方式。别人说我性格孤傲，其实我只是自卑，因为我知道自己跟他们中的大部分人都不一样，我没有资格单纯地享受音乐，必须加倍努力才能实现人生的逆袭。温紫涵对我而言，也只是一颗遥远的星星。有时我会嫉妒她的衣食无忧，但更多时候我知道，自己跟她根本就是两个世界的人,这辈子都不可能有什么交集。”

余知原望着窗外,眼神因回忆而显得遥远。

“我第一次知道温紫涵讨厌我，是在一次选修课上……”

同学,我的笔没墨了,能借你的笔用一下吗?

女孩从笔袋里拿出备用的笔，男孩伸手去接,她却突然把笔放回笔袋里,冷冷地说,对不起,我突然不想借了。

“那一刻,我备感屈辱。她不想借笔,可以说自己没有笔,但她故意拿出笔后,又明白地告诉我,她不想借。用这种方式告诉我她有多讨厌我,瞧不起我……”

“不,不是的。”我慌忙说,“她可能只是……只是……”

然而我没办法说清楚女孩那种复杂、纤细、敏感的情绪,她的矜持仿佛也传染给了我,虽然我知道她有多喜欢余知原，却没办法告诉他一个字。

余知原没有在意我说了些什么，他依然沉浸在对往事的回忆中，话匣子一旦打开，就像泄洪般一发而不可收地说了下去。

“那时我每天都会去琴房练琴，艳玲有空的时候也会来陪我。有一次在琴房，我练习《野蜂飞舞》，怎么也找不到感觉，很是沮丧痛苦，艳玲就像平时一样来安慰我，没想到被温紫涵看见了……”

随着他的讲述，我的脑海就像放电影一样，又浮现出那个秋日的傍晚，压抑的咳嗽声惊动了拥抱的两人，男孩看到站在窗外的女孩，顿时羞得满脸通红，慌乱地推开了任艳玲。

然而对方接下来的一句话，却更令他羞惭难当。

“琴房是用来弹琴，而不是谈情的。如果你不想练琴，就请把它让给需要的人。”

女孩的声音冷得像深秋的水，将男孩的脸冻成一片酡红。他蓦地站起来，手忙脚乱地收拾琴谱。

“你怎么知道我们不是在弹琴？”任艳玲毫不客气地反呛对方，又一把拉住男孩，“知原，别走！你不是说还要练琴吗？”

“不练了！”男孩咬牙撂下这句话，拂开女友的手，抱着琴谱匆匆朝外走去。

和女孩擦肩而过时，他低着头，压根儿没看见对方苍白的脸色。

深秋的梧桐树飘下一地落叶，当他走出这条林荫小道时，隐隐听到身后传来激烈的琴音。

是那首《野蜂飞舞》！

她竟弹得如此出神入化，琴声仿佛一群愤怒而疯狂的野蜂，在男孩心上狠狠地蜇着。

他知道她在挑衅，在告诉他自己可以比他弹得更好，让他看到自己的失败，再用他的失败来狠狠地羞辱他！

那一刻，男孩心里突然涌起一股从未有过的恨意，仿佛蜂针上的毒素也注入了他的心脏……

“你误会了，真的……她从来没有讨厌过你……她只是不善于表达……或者……是装作讨厌你来掩饰她的羞涩和……失落……”

我语无伦次地说着，笨拙地想让余知原明白女孩的心意。而他只是奇怪地看着我，然后又自嘲地一笑：“你又不是她，怎会知道她在想什么？她一直看我不顺眼，或许因为我是唯一可以在琴艺上跟她一较高下的人。所以每次学校的音乐演出，她都不惜利用院长女儿的特权去改动演出顺序，让她的演奏排在我之后，让观众可以更好地对比我们的琴艺……”

其实,她只是想让你退场时能看到她,哪怕只有一眼。

我在心里默默地说着,突然为温紫涵感到深深的悲哀。

“她练琴几乎到了走火入魔的地步，只要我不离开琴房,她就不会离开。她一定要显得比我更努力,千方百计想要压倒我,成为第一。不得不说,她这种偏执的行为,给我造成了很大的精神压力。我一直不明白,她为什么要跟我争?她已经拥有了这么多,为什么还要来剥夺我在钢琴上的最后一点尊严？”

“她不是想跟你争什么，她只是……只是想让你注意到她。”

“注意到她?”余知原似乎被我这个天真的说法逗笑了,“她是那么耀眼的一个存在,谁能不注意到她?而我只是卑微得不想引人注意,所以把自己藏在音乐里，只想平平安安地度过大学生涯。但她为什么就是不放过我，非要来招惹我？仅仅因为艳玲在琴房安慰我，她就跟辅导员告状，说我在琴房谈情说爱，让我被辅导员批评训诫，艳玲也被禁止再进入琴房。后来又发生了一些事，艳玲觉得她老是欺负我，于是一气之下就扇了她耳光，结果……”

余知原没有说下去，但后面的事情我已经知道了，一时间心里如打翻了五味瓶，真不知道是个什么滋味。

一场暗恋竟然演变成这个样子，真不知该怪温紫涵太矜持，还是怪余知原太迟钝。

“我今天不该说这些。”

余知原突然惊觉过来，脸上露出懊恼的神情。大概他自己也没想到，竟然会在一个学生面前说这么多堪称隐私的话。

“因为你给我的感觉太像她了，所以才不知不觉说了这么多,希望你能够把它们都忘掉。”

“好的,老师。”

我低声回答,目送余知原离开教室。他的背影清瘦,有种难言的孤寂,就像经过风霜打磨的苦竹,清寒而萧瑟。

我禁不住想,如果当年他能明白温紫涵的心意,今天又会是怎样一番光景?

我不该想这么多的,因为这样的思考让我的心脏又疼痛起来,是那种酸涩得似要流泪的痛。

独自坐在音乐教室里，我完全没有察觉到，自己不知何时已泪流满面。

13

· 夜已深，我依然泡在一楼的一间琴房里，不知疲倦地弹着一支又一支练习曲。

临近二十四点，学校规定的琴房使用时间快到了，整座琴房楼此起彼伏的琴音渐渐沉寂下来，取而代之的是一间又一间琴房门关闭的声音，学生们正在陆续离开琴房，这座灯火通明充满乐声的大楼开始变得安静，一间间琴房的灯光逐一熄灭，就像一只只眼睛争相闭上。当所有人都离开后，琴房楼就会在夜的怀抱中沉沉睡去，直到明天早上七点半，再被第一个勤奋的学生唤醒。

我的手指依然在琴键上跳动，没有丝毫停下来的打算，和往常一样，不到最后一分钟，我是不会离开琴房的。

最近一段时间，我都是琴房里最后一个离开的学生。我的三位室友对我的勤奋佩服得五体投地，但只有我自己知道，我如此努力只是为了摆脱另一个人的影子，想要完全靠自己的实力弹奏出出色的琴音。

月光透过玻璃窗，像冷白的雾，悄无声息地流入琴房。夜的世界安静而荒凉，唯有琴音是唯一的慰藉和陪伴，是这个荒芜世界唯一的色彩。

我沉浸在莫扎特的协奏曲中，浑然忘我地弹奏着，无意间一偏头，眼角的余光扫到玻璃窗，突然看到一个白色的人影印在窗上， 一头长发，面目却模糊不清，就像一个可怕的幽灵，吓得我浑身的汗毛唰的一下直立起来。

“谁？”

琴音戛然而止，在我的大声喝问中，人影骤然消失了，只剩下树的枝丫在玻璃窗上张牙舞爪。

我的头皮阵阵发麻，恐惧像潮水般袭来，突然意识到周围静得可怕，整座琴房楼似乎只剩下了我一人，若出什么事，那可真是叫天天不应，叫地地不灵。

心脏在胸膛里剧烈地跳动，像在向我提示某种未知的危险，我手忙脚乱地收拾好琴谱，冲出琴房，想要尽快离开这里。

刚踏上长长的空寂的走廊，一串钢琴声突然从暗处飘来，“咚、咚、咚……”几个沉重的低音振动着我的耳膜，击打在我的心上，低沉而浑厚，缓慢而强大，微弱却极具穿透力，就像蛰伏在暗处引诱灵魂堕落的魔鬼，危险而迷人。

是李斯特的《b小调奏鸣曲》，仅仅是开头的几个乐音，就在一瞬间俘获了我的耳朵，让我兴奋得屏住呼吸，忘记了恐惧，就像美食家看到一道由名厨烹饪的无比美味的佳肴，才嗅到香气就已兴奋得每一个细胞都在颤抖！

唯有大师级的演奏，才能仅凭几个音符就牢牢抓住听者的心。

G弗里几亚调式的运用，表现出极其混沌、暗淡的色彩，就像是不可预知的命运，我情不自禁朝着那黑暗而神秘的音乐走去。

在琴声中，命运的脚步也正随着下行的八度往下走，引领着灵魂往黑暗处坠落……

昏暗压抑而不祥的琴声，让我体验到一种永无止境的危险，却又有欲罢不能的美感，仿佛每一秒钟都在猜测生命到底会在哪一个音符上休止。

《b小调奏鸣曲》是李斯特一生的巅峰之作。这位大师步入中年后，开始厌倦贵族的生活，转而去思考人生与人性的本质，透过心灵的“显微镜”去洞察这个世界的本质，探讨上帝、理想、善与恶、天使与魔鬼之间的关系，以及原罪与救赎的终极问题。

这首奏鸣曲无疑就是这种思考的结晶，它原本是献给舒曼的，但舒曼的妻子、著名钢琴演奏家克拉拉第一次听到这部作品，就认为它“使人害怕和不安”，有人甚至称它为“恶魔般的曲子”。而更多人猜测它是李斯特的音乐自传，反映作曲家的人生遭遇、世界观的复杂与矛盾，以及内心多重性格的冲突。也有人认为它的主题来源于歌德的《浮士德》，可以被视为浮士德抗拒魔鬼的诱惑，在爱恨交织中，归于崇高，获得救赎的缩影。

我寻着琴声走到了教师琴房，果然，这么出色的演奏不会是哪位学子的杰作，只会是阅历丰富、技艺纯熟的长者才能演绎出的灵魂之作。

琴房的门出乎意料地虚掩着，只要推开门，就能看到那位让我钦佩的演奏者。

会是哪位老师呢？

我虽然很好奇，却不敢做出任何冒失的举动，害怕打断了对方的演奏，破坏了这令人惊叹的绝妙琴音。

在一段低沉的乐音之后，音调骤然拔高，齐整有力的八度瞬间转为诡异的黑键，就像一个愤怒的英雄在向魔鬼宣战，在与命运抗争，那是一种从沉睡中惊醒的力量，惊心动魄，又扣人心弦。

我紧贴着门板，倾听这场英雄与魔鬼的战争，心脏随着琴音猛烈跳动，仿佛陷入了一种惊涛骇浪般的狂热与激动之中。

减七和弦加上快速的十六分音符跑动,带来嘈杂的音响效果，是英雄与魔鬼正在激烈地对抗。乐音转向了大调,不断向上攀升,当英雄似要到达人生巅峰时,却突然被狠狠拽入深渊,连续的减七和弦下行之后,紧接着便是沉重的“命运”脚步……

黑暗冷酷的魔鬼、温暖光明的天使,交替出现在英雄面前,善与恶的交锋一直在延续。音乐时而庄严壮丽,像来自天国的旋律,是信仰的召唤;时而沉重混沌,像英雄内心的苦闷、困惑与不解,甚至是信仰的崩塌。

音乐开始陷入疯狂的境地，英雄被魔鬼捕获,尽管不断挣扎,却始终无法逃脱。左手弹奏的强力琴音是魔鬼不可阻挡的进攻,右手则在弗里几亚调式与和声小调之间反复变化游离,是英雄在痛苦而绝望地挣扎……

作为音乐史上强烈炫技、反传统的代名词，李斯特的演奏曾被舒曼说成是魔鬼附体，据说他会在演奏会上弹破钢琴，甚至弹完最后一个音后晕厥在边上翻谱人的怀里，然后在经久不息的掌声中渐渐苏醒。其作品的邪行与魅力远远不是技巧与激情所能对应的，那简直是倾注了生命才爆发出的巨大能量。

此刻我竟然也有同样的感受，暴风骤雨般的琴声已经超脱了炫技的肤浅，融入了弹奏者强烈的情绪、内心的冲突，甚至是灵魂的呐喊！

我的心震撼莫名，身体随着琴音一起颤抖，强烈的冲动让我忍不住推开房门，然后便看到了那个深陷在黑暗中的身影。

竟然是他，我的老师余知原。

我惊诧万分。

当年那个连《野蜂飞舞》都难以投入情绪的

男孩,如今却能像魔鬼附体一样诠释这段黑暗激烈的乐章。

他到底经历了什么?

或许是我深刻地凝视让他有所察觉,余知原突然转过头,两道锐利的视线如电般射向站在门边的我。

琴音并没有停止,魔鬼的肆虐还在继续,依然沉浸在黑暗世界里的余知原,向来清冷的面容竟然扭曲得几乎让我认不出来,原本平和的眼睛也染上了陌生可怕的杀气。

我被那目光中弥漫的魔性吓得后退了一步,惊慌地逃走了。

为什么要逃?我也说不清楚,只是弹奏《b小调奏鸣曲》的余知原就像变了一个人,在音乐中宣泄了太多黑暗的情绪,让我本能地感觉到危险,本能地不想面对这样陌生得有些可怕的他。

琴音追着我的脚步冲出了大楼，音乐已经摆脱了那段激烈的挣扎，变得阴柔而梦幻，这是全曲最美的段落，也是英雄幻想中的世界——充满一切美好事物的“理想世界”。英雄逐渐恢复了对上帝的信仰，内心重新燃起希望的火焰。

“上帝一定是正义的吗？它是否有可能站在魔鬼这一边？”

我的脑海里突然响起了某堂音乐赏析课上，余知原在讲到《b小调奏鸣曲》时所说的一段话。

“其实没有人真正知道上帝的本质是什么。我们每个人心中都有着信仰与准则，有着所谓的‘上帝’，它规范着我们的行为活动，但这并不意味着每个人心中的准则都是相同的，相反这些所谓的‘准则’可以千差万别。例如，希特勒发动了第二次世界大战，屠杀了大量犹太人。在我们看来，他是一个彻彻底底、完完全全的‘魔鬼’。然而在他自己看来，他所做的都是‘正义’的事情，这一切都是上天的旨意……”

当时这段话像在我眼前打开了新世界的大门，让我第一次领悟到了善与恶、美和丑、黑暗与光明之间的矛盾交织、对立统一。

琴声渐渐远去，就像晨曦初起时渺茫的梦境。

一弯弦月镂在浮云顶端，朝大地投下冰冷一瞥。踏着薄霜似的月辉，我埋头一路思索着朝前走，琴房楼旁边就是一片小树林，而我要回宿舍就必须穿过这片树林。

走在那条已经走过无数次的林荫小道上，我依然沉浸在方才的琴音和矛盾的思索中而神思恍惚，竟没有察觉前方不知何时多了一个白影。

直到走近了我才注意到她，看外表好像是个

女生，就坐在林荫道旁一张供人休憩的长椅上，深深地低着头，不知是在打盹儿还是在沉思，浓密的长发垂落下来，几乎完全遮住了她的脸，白色长裙大得像条面粉口袋，十分潦草地套在她僵硬的身上。

她一动不动地坐在那里，就像被月光浇筑的一尊惨白的蜡像。

在深夜十二点的阴暗小树林里，乍然撞见这样一个诡异的人影，实在太瘆人了！我那闹哄哄的因为思索而发烫的脑袋，顿时像被糊了一盆清凉油，蓦然惊醒，凉得透彻。

我胆战心惊地加快步伐，想要快速地从这个木偶一般的女生身边走过。就在我刚刚跟她擦身而过时，她突然抬起头，长发朝两边滑开，冰冷的月光照亮一张扁平的没有五官的脸。

鬼啊！

我尖叫一声，浑身的血液都冻成了冰。

这不正是我方才在玻璃窗上看到的那张幽灵般的脸吗？

说时迟那时快，就在我被吓得魂飞魄散、双腿发软、惊声尖叫的同时，“女鬼”突然从身后扯出一把铁锤，狠狠地、虎虎生风地朝我头上砸来——

还好我没有被吓糊涂，在这生死之间，竟然一下子爆发了潜能，狼狈慌乱又不失敏捷地一躲，避过了这致命一击，铁锤掠过我的耳根，落在我的背上。

虽然失了准头，力道被削弱了，但这一锤依然叫我痛得一个踉跄，差点栽倒在地。

眼看下一锤又向我当头打来，这是要置我于死地啊！

情急之下，我眼疾手快地抓住了对方握锤的

手,使出吃奶的力气死死地撑住。因为常年弹琴的缘故,我的手很有力,竟然将对方的手腕牢牢钳制住了。

那只手有触感,是热的,跟我厮打时还能听到粗重的喘息声,显然不是女鬼。

我心下稍定,越战越勇,最后趁其不备抓住她的长发用力一扯,竟然将头发扯了下来,原来戴的是一顶假发。

假发被扯下后,露出了她头上所戴的将整个面部都包裹在里面的尼龙头套。

难怪看不到五官,原来是用假发和头套来遮掩面部,不想让我看到她的脸。

“你是谁?”

我惊怒地喝问,一只手抓住她的手腕,另一只手去抓她的头套。

对方见势不妙,用力挣脱了我的钳制,又挥

舞铁锤将我逼退了两步,然后转身逃进了黑漆漆的树林里。

我不敢去追,飞快地跑出了树林,惊魂未定地报了警,然后去了医院。

那一锤在我后背留下了一大块瘀青,如果结实地敲在我的脑袋上,铁定会脑袋开花,后果不堪设想!

我心里一阵后怕,到底是谁对我有这么大的仇恨,一定要置我于死地?思来想去,实在想不出到底得罪了谁。

冯凯接到消息立刻赶来,陪我一起在警察那儿做完笔录后,就要送我去干妈家。

“你不能再住在学校,太危险了!”他一脸严肃地说。

因为冯凯已经打电话通知了干爹干妈,所以他们早就等在客厅里。一见面,干妈就把我搂进怀里，又是担心又是心疼地说:“真是吓死我了！雨琪,你有没有受伤？有没有哪里不舒服？”

我连忙说只是背上有点瘀青,已经在医院上了药,没什么大碍了。

在三人面前,我又把今晚的经历详详细细讲了一遍,没有漏掉任何细节,包括我听到余知原弹琴的事。

“余知原？是他！一定是他！”冯凯断然说道。

“不可能是他！”我立马否定了,“我走出琴房楼的时候还能听到钢琴声,再进入小树林遇到那个袭击我的人,前后不过一两分钟,他哪来的时间在我之前跑到树林,还换了衣服,戴上假发头套？这是根本不可能做到的！”

“就算不是他下的手,也跟他脱不了干系。雨琪,你以后一定要小心提防他！”

冯凯再三叮嘱我小心余知原,干爹干妈竟然

也赞同他的看法。干爹还让我以后都住在家里，至于锻炼自己、融入集体什么的都不重要了，安全第一！

今晚我就睡在温紫涵的卧室里，因为后背还很痛，所以只能趴着，一时半会儿也睡不着，先前发生的种种又像走马灯似的在我脑中转了一圈，除了凶手是谁以外，另一个疑问又渐渐浮上心头。

为什么他们全都怀疑余知原呢？莫非是因为温紫涵……

我想到了她跟余知原的纠葛，那些令人扼腕的误会，以及由此而来的痛苦，还有最后那可怕的悲剧，难怪他们都对余知原有成见，大概觉得紫涵的坠楼身亡与他有关吧，据说是因为他拒绝了紫涵的表白……

“你们这位老师哪，弹起琴来连命都不要！感冒了也不好好休息，还每天跑琴房弹八个小时的琴……家里又不是没有钢琴，学校琴房那么冷，还非跑那儿去作践身体……”

师母那天抱怨的话突然回响在我的脑海里，余知原这种自虐式的做法到底是出于什么原因呢？今晚他弹琴时那种身陷黑暗又极力想要挣脱的矛盾痛苦，又源自什么呢？

我的手抚上了左胸，感觉那颗心脏跟我一样迷惘，那迟缓犹疑的跳动，就像被裹在层层混乱的丝线之中，理不出一条清晰的思路。

14

树林遇袭的事,一直没找到凶手。

因为小树林没有安装监控,而凶手对学校其他地方的监控似乎很熟悉,很快就在没有监控的盲区换装后消失了。

唯一的证物就是那顶被我扯下来的假发。但这顶假发实在太普通了，很多小店都能买到,并且袭击者十分小心,戴假发时也戴着手套,没有留下指纹。她的头上戴着头套,假发没有跟她的头皮、头发直接接触,所以也找不到任何可以提取DNA的东西。在盘问了我周围的人以后，也没有找到什么有价值的线索，警方的调查渐渐陷入了僵局。

这段时间，冯凯每天都来接送我，几乎跟我形影不离。他会陪我一起去琴房练琴，一起去欣赏音乐会，一起去听大师的讲座，一起去操场上跑步，一起去吃学校门口的牛肉面……

作为柏华音乐集团的区域总经理，这段时间他都在忙柏华旗下著名品牌——黄河钢琴IPC冠军系列新品发布会的事儿。我大部分时间都泡在琴房练琴，而他则一边守护我，一边用手机远程处理公司的事务，竟也能游刃有余。

这天，他处理完公司一件棘手的事后，突然来了兴致，说要跟我四手联弹。

“就弹舒伯特的《f小调幻想曲》吧。”

刚说完这句话，我就愣住了，脑中犹如水花

溅起，传来久远的回音，似乎有个女孩也曾说过同样一句话。

这句话就像一个隐秘的开关，打开了又一段沉睡的记忆。

春意盎然的五月，音乐学院受邀参加本市举办的国际音乐节，将要呈献八场精彩纷呈、各具特色的音乐会，从各个侧面全方位地展现学院在音乐创作和表演上的实力与成绩。

其中一场就是钢琴系的“琴键飞舞”音乐会。这场音乐会的策划者决定突破传统音乐会中较为单一的钢琴独奏模式，采用四手联弹、双钢琴、五架钢琴重奏等多样化的形式，带给听众耳目一新的感受。

作为钢琴系中公认最出色的两名天才学生——温紫涵和余知原，被老师指名参加四手联弹的合奏。

当老师当众宣布这一决定时，两人的反应各异。

温紫涵依然端着矜持的架子，把表情调整到波澜不惊，心中却翻涌着一朵朵欢乐的浪花。

作为院长的女儿，又是最具实力的学生，她早就是这场音乐会的内定人选。而由谁来与她合奏，老师特地征求她的意见。因为四手联弹必须由两人合作完成，特别考验演奏者的默契和配合度。

声音是情感的载体，在共同合作时，双方都必须同时做到神情专注、情绪积极。如果一方缺少兴趣，就不可能有热情和积极性，合作双方在演奏时也就不能同时做到精神饱满。那么声音作为情感的载体，就无法表现出生动活泼的音乐形象，更谈不上感染力和表现力了。

所以只有选个跟她最有默契的人，才能共同

演绎出一部成功的音乐作品。

面对老师的询问，“余知原”三个字差点脱口而出，不过温紫涵硬生生将它压在了舌尖下，装作认真思考了好一会儿，方才淡淡地、状似不经意地提到，余知原的琴艺还不错，应该能胜任音乐会上的演出。

老师当然没有异议，原本在他心中余知原就是最合适的人选，只是听说他跟温紫涵一直有矛盾，所以才来问问对方的意见，既然她主动选择了余知原，那就再好不过。

两位同样出色的演奏者，一定能碰撞出最耀眼的火花！

老师已经忍不住期待他们在台上的演出效果了，同时又不无欣慰地想，不愧是院长的女儿，这举贤不避仇的胸襟就是大气！

能参加国际音乐节，对音乐学院的学生来

说，是一种莫大的殊荣，也是锻炼自己的绝佳机会，所以听到老师宣布的名字后，同学们羡慕嫉妒的目光纷纷朝两位幸运者看来。

温紫涵微微侧头，眼角的余光似有意似无意地朝斜后方余知原所坐的位置瞟去，却见后者面色清冷，眉端微蹙，似乎并不觉得这是殊荣，反而是种负担。

他竟然不乐意?!

温紫涵心中大怒，她并不认为余知原会拒绝在音乐节上崭露头角的机会，那么他的不乐意，自然是源于他讨厌自己，不愿跟自己合奏了。

心底的火苗越烧越旺，“余知原！”她把这个名字放在齿间狠狠地磨着，像要把这三个字磨成粉、磨成灰，再撒在火里烧成烟。

“余知原！”

放学后，她叫住了正要离开的男孩。后者站

住，面无表情地望着她，一双眼睛就像极为净透的水晶，漂亮却冰冷。

骄傲的女孩摆出的面孔比他更冰冷，冰冷中还带着蛮不讲理的骄纵。

“别以为我愿意跟你合奏，是老师指定的！虽然我很讨厌你，但我也不想在音乐节上出丑，所以你必须跟我好好练习，如果敢拖我后腿，我绝对饶不了你！”

她这段话成功激怒了余知原，不过后者一向清冷，即使心中怒极，也不过面如寒冰，一言不发转身就走。

“今晚七点，105琴房练琴，带上舒伯特《f小调幻想曲》的琴谱，不准迟到！”

女孩霸道的声音在他身后响起。她知道在国际音乐节上演奏的机会有多么难得，余知原就算再讨厌她，也不会放弃这个机会。

果然不出她所料，晚饭后余知原如约来到了琴房，依然还是面无表情的样子，薄唇抿得紧紧的，连话都不愿跟她说一句。

他穿着简单的白衬衫，人生得俊秀，皮肤也极白，眉目间染着霜雪，就像九天之上的一弯冷月，既清远，又孤高。

见他这副模样，温紫涵又爱又恨，又气又恼，银牙咬了又咬，想要再说几句难听的话刺痛他，话到嘴边却又舍不得，打了个转儿又生生咽下去，噎得喉咙生疼，堵得胸口发闷！

她心里不痛快，自然也没有好脸色，自个儿在琴凳上坐下，冷冷瞥一眼对方："你是木头人吗？戳在那儿怎么跟我四手联弹？"

男孩呆了一瞬，然后一声不吭地在她身旁的琴凳上坐下，两人翻开琴谱，开始弹奏。

一触到琴键，横在他们之间的坚冰就奇迹般

地消失了,淡淡的哀愁从f小调流泻而出,心神就在音符的流动中被勾摄而去。

虽然之前从未排练过,但两个在音乐上悟性极高的天才,竟配合得天衣无缝,四只手在琴键上轻捷灵动地起伏,就像插上了翅膀在比翼齐飞。

Primo与Secondo(音乐术语)之间的对话极尽缠绵,一点点的激动,一点点的思绪起伏,在心湖中一点一滴地发酵酝酿……

休止符的出现带出一种欲言又止的感受,双附点的和弦以及八度的颤音交织出不安与犹疑,升F大调甜美的旋律让人忘却了先前的烦忧,高音声部与低音声部的对唱宛若款款情话……

音乐就像和煦的春风,让他们忘记了所有不快,陶醉在乐曲本身的魅力之中。

一段自由轻快的快板乐段之后,哀愁的第一

主题再次出现，并以赋格的形式层层交错叠织，渐渐将曲子推向高潮……

女孩忍不住偷偷看了男孩一眼，沉浸在演奏中的他不再似平日那般冷漠，秀逸的侧脸仿佛被月色洗过，在灯下散发着淡淡的光晕，温柔而美好，专注的眼眸似沉淀着月华，有着遥远不可触及的忧伤，仿佛呼应着乐曲中的哀愁……

她不觉看得出了神。

这一出神，就弹错了一个音。

余知原立刻察觉到了，目光清寒地朝她看了一眼。

对方眼中的责备之意，让女孩心中陡然一乱。在心上人面前出丑的懊恼，对自己竟然偷看对方的羞耻，担心暴露情思的惊慌，就像一堆混乱埋下的炸药，一齐在她心底引爆！

她蓦地停下弹奏，企图用更强硬的骄纵来掩

饰心底的仓皇。

“知道我刚才为什么弹错音吗？”

男孩抿着唇沉默地看着她。

“因为我发现弹这一段时你表现的感情不对，你对这首乐曲的理解根本就错了！”

“我哪里错了？”

果然，一谈到音乐，在自己最擅长的领域被人质疑，纵然冷漠如余知原，也会忍不住辩驳。

“这首乐曲是舒伯特在去世前半年写的，那时作曲家应该预感到自己即将离开人世，所以心情沉重痛苦，而你却弹得过于轻柔，痛苦的感觉太淡了，还应该更强烈一点才对。”

“但这首乐曲是舒伯特献给自己的暗恋对象卡洛琳小姐的，当然应该弹得温柔缠绵一些。”男孩反驳道。

可是人的情感哪里就会那么单一呢？

或许这首乐曲既有作曲家预感到自己即将离开人世的痛苦忧伤,又有对少女一往情深的温柔缠绵。

两种情感是可以共存的,为什么一定要拿一种情感去否定另一种呢?

或许他们也不是不明白这样的道理,只是对抗已经成为他们之间相处的常态，谁也不愿让步,谁也不愿低头。

女孩继续发难:“舒伯特从来没有表白过,你怎么知道他在暗恋对方？”

“音乐可以传递心声，从乐曲中就能听出他的爱意。”

“你能从乐曲中听出爱意？哈哈,这真是我听过的最好笑的笑话！”

“温、紫、涵！”

男孩白净的面颊浮起了气恼的红晕,他似乎

想要发火，又按捺住了，冷冷地说："舒伯特的相识索恩斯坦因曾在回忆录中提到，有一次卡洛琳开玩笑似的批评舒伯特，说他从没有把什么作品题献给她，而舒伯特的回答是：'那又何必，反正一切都是献给你的。'如果这样的回答还不是出于爱，我不知道它还会出于什么！"

女孩神情复杂地看着他，突然敛了笑意，清了清嗓子，端肃着面容说："余知原，我的一切都是献给你的。"

她交握的双手扣得紧紧的，掌心冒出了潮湿的冷汗。

少女的芳心，在看不见的地方簌簌地颤抖着。

但在对方眼里，她那罕见的一本正经的模样，却荒唐得像在做戏。

男孩活像被雷劈一样瞪大了眼睛，泥胎木塑

般呆愣了几秒，才蓦然爆发——

“温紫涵，捉弄我很好玩儿吗？讽刺我很有意思吗？嘲笑我你很开心吗？我不是来被你冷嘲热讽、戏耍取乐的，如果你不能平等地对待我，表现出起码的尊重，那我们根本无法继续合奏，坐在这儿也只是浪费时间！”

女孩一口气堵在胸口，被他气得脸色发白，心火乱窜压都压不住。

“没错，我就是在嘲笑你！”她咬牙切齿地说，“你既然知道刚才只是一句玩笑话，那么你凭什么认为舒伯特不是以玩笑话来回应卡洛琳的玩笑呢？凭什么要坚信它是爱的表白呢？”

“可是这乐曲明明……”

“你又想说自己听得懂舒伯特的爱意是吧？但在我看来，你的理解能力连鹦鹉都不如，人家虽然是学舌，但至少不会学错，而你却有本事将别人的原意歪曲到十万八千里外去！”

男孩气得霍然起身，就要一怒离去。

女孩一把拽住他的衣角，手指紧得发白。

“坐下！继续弹！”她的嘴唇冷冷开合，吐出的每一个字都溅着寒光，“要想得到我的尊重，就展现出你的实力，别让我瞧不起你！”

琴音再次响起，但这次完全不同了，两人像在竞技一样，只有对抗，没有合作。

哀愁变成了恼恨，痛苦变成了愤怒。

钢琴在二十根手指下战栗，发出巨大而猛烈的声响，就像两人心中卷起的风暴。

当最后一个音弹完时，女孩还身陷在风暴般激烈的情绪中，无法自控地给了对方一耳光。

“余知原，你一定要跟我作对是不是？”她红着眼眶问。

男孩捂着脸，难以置信地望着对方，眼中骤

然射出寒光，恨意像星火四溅。

那一刻的他，竟变得如此陌生。

“在想什么呢？”

我蓦然一惊，抬头望见冯凯关切的眼神，慌忙道：“在想怎么弹这首乐曲，平时练得少，怕待会儿出丑。”

冯凯爽朗大笑：“我比你练得更少，恐怕技艺都生疏了，待会儿你可不准笑我！”

“我怎么敢笑学长呢？还要请学长多多指教！”

我俩客气了一番，然后在琴凳上并肩端坐，开始四手联弹。

冯凯弹得出乎我意料的好，看来这些年他并没有丢下钢琴，一定也经常练习。

我们配合得也意外的好，谁也没有去突出地表现自己，反而尽量向对方靠拢，互相倾听，互相融合，甚至调和彼此的呼吸，让情感共同震荡，一起创造出浑然天成的音乐。

那种和谐的氛围，互为一体的感受，让我的心怦然悸动，就像乐曲最后那一声颤音，余音袅袅，经久不息……

15

黄河钢琴的新品发布会,被冯凯安排在我们学院的音乐厅举行。他还邀请了著名音乐家艾哈伊尔教授为大家主讲了黄河钢琴大师讲堂,吸引了很多学子,媒体也竞相做了报道。

这场新品发布会举办得很成功,当看到冯凯站在台上神采飞扬地说“我们的目标是打造全世界顶级钢琴,让黄河钢琴在国际上发扬光大,让中国的钢琴制造彻底摆脱低端、劣质的概念”时,我感到意外而惊讶。

这还是那个总像大哥哥一样腻在我身边，平时嬉皮笑脸没个正经的冯凯吗？

站在台上的他，穿着浅黑色的西装，身姿高瘦挺拔，发型一丝不苟，眼神坚毅、语调激昂，浑身散发出强大的自信和掌控力，完全是一副气场全开的精英范儿。

而当他知道我被人袭击时，骤然阴沉的脸色，又让人望之胆寒。

一个人到底会有几张面孔，而哪一张面孔才是真实的？

我又想到了余知原，想到了他清寒萧瑟的背影，以及魔性弥漫的眼睛。

突然发现，身边的人我一个也看不透，冯凯也好，余知原也罢，甚至干爹干妈，他们似乎都背负着很多秘密。

而这些秘密，又似乎都围绕着同一个人。

温紫涵……

新品发布会结束后，冯凯说要放松一下，就拉着我去看电影，却在中途睡着了，散场的时候还靠在我的肩上没有醒来。

他的呼吸很轻，睫毛温柔地低垂着，安静如孩童，有种清醒时绝对没有的乖巧。

我竟有些舍不得动，生怕惊醒了他。

他下巴上长出了一层青青的胡楂儿，眉宇间有种深眠的放松和舒展。我知道他很累，既要忙公司的事，又要来守护我，就是铁打的人也熬不住啊！

我的心微微有些胀痛，仿佛要裂开一道缝，从里面飞出许多闪闪发光的萤火虫来。

“抱歉，我竟然睡着了。”

冯凯终于醒了过来，一脸尴尬地跟我道歉。

“没事儿，见你太累，我都不忍心叫醒你。”

“雨琪，你真是善解人意！”

我的脸颊微微发烫：“要不你回去好好休息一下吧。”

“刚才睡了一会儿，现在没那么困了。你饿了吧，我知道学校附近有家餐馆很不错，以前我和……就经常去那儿吃饭。”

我知道他没说出口的那个名字是谁，也没有忽略他眼中一闪而过的黯然。

我沉默地跟他去了那家餐馆，有个疑问一直藏在心里很久，久到它终于忍不住要顶开岩石自己钻出来。

“你是因为温紫涵才对我这么好的吗？”

面对我突如其来的问题，冯凯拿着筷子的手突然僵在了半空。

“你……怎么突然问这个问题？”

“因为我知道你很喜欢温紫涵，现在她不在

了，你就把我当成了她的替身，对吗？”

“傻丫头，你就是你，是陈雨琪，不是什么替身，别再胡思乱想了！”他夹了一块红烧排骨放进我碗中，笑道，“这排骨味道不错，多吃点。”

我无视他转变话题的企图，一直牢牢盯着他，而他在我的凝视下渐渐变得不自然起来。

“如果不是因为这个，你根本不会理睬我，对吗？”

我把手按在左胸上，直直地盯着他问。

冯凯脸上的笑容彻底冻住了。

“她就住在这里。”我的掌心感触到下面急促的跳动，“温紫涵，我能看到她，听到她，知道她在想什么……”

冯凯一愣，眼中突然划过欣喜的光，亮得像点燃了一把火。

“这么说，她的事你都知道了？”他用力抓住我的手，激动地说，“快告诉我，她是怎么死的？”

“不是坠楼身亡吗？”我奇怪地看着他，“难道你怀疑……”

“我不相信她会无缘无故地坠楼，更不相信她会自杀。所以，雨琪，如果你想起了什么，一定要马上告诉我！”

看着冯凯脸上热切的期盼，以及眼中我从未见过的奇异光芒，我心里突然涌起一种说不出的怪异感觉。

“想起什么？你早就知道我会想起与温紫涵有关的事？”

他看了我一眼，欲言又止。

过了一会儿，才吞吞吐吐地说：“你不是移植了紫涵的心脏吗……听说移植了别人心脏的人，会受对方的影响，发生一些改变……说不定机缘巧合下，也会想起跟原主人有关的一些事情。”

我陷入了沉思,其实他说的话不无道理。自从梦见温紫涵后,我就找了很多与心脏移植有关的资料来看，发现有些人在移植了心脏之后,的确会在某些方面受到心脏原主人的影响。

比如有报纸报道过，一个美国女人西尔维娅·克雷尔原本是个滴酒不沾的素食者，可自从接受移植的心脏之后，突然想吃汉堡和喝啤酒，后来她才知道提供心脏的人是个爱吃这些东西、因骑摩托出车祸而亡故的18岁摇滚歌手吉姆。

美国生理学家波尔·皮尔索尔在《心脏代码》一书中写道:“在我给一个41岁的男子移植了被火车轧死的19岁姑娘的心脏之后，他就好像换了个人似的,原本从小是个慢性子,是个性格忧郁的人,可换了心脏之后,就像注入了激情,萌生了对生活的强烈兴趣。有个36岁的女患者也很幸运,给她换了一颗20岁姑娘的心脏。姑娘是跑过马路去给未婚夫看结婚礼服时，不小心让汽车撞死的。这一来可好了：患者几乎天天都梦见跟一个心爱的小伙子的幸福约会。据她说，自己从早到晚都有一种幸福感，而且这辈子还从来没有像现在这么开怀笑过。”

另外科学家们也发现，心脏除了血液循环功能外，还具有内分泌功能，它能分泌出一些化学分子，如心钠素、生物活性多肽等。所以有人猜测心脏可能还会分泌出一些“肽类激素”，这些“肽类激素”蕴涵着捐献者个体的一些信息，导致被捐献者的性格、生活习惯、饮食习惯以及梦境等发生改变。

当然，也有很多科学家持相反的意见，认为心脏并不像大脑那样具有一般意义上的记忆功能，所以供体无法通过心脏把信息直接“遗传”给受体。

然而人体所隐藏的奥秘太多了，人类对自己身体的了解并不比对天体的了解更多，所以一切奇迹都是有可能发生的。

“这段时间我确实想起了一些跟紫涵有关的事情，就连晚上做梦也经常梦见她，室友都说我是鬼上身了，怕吓到你们，所以我一直没敢跟你和干爹干妈说。”

“什么鬼上身，一派胡言！”冯凯驳斥以后，又喜不自胜地说，“雨琪，你真的想起来了吗？全都想起来了吗？”

“只想起了一部分。第一天到宿舍时，我确实有过奇怪的坠楼感，但我从来没有想起过她跳楼时所发生的事，一次也没有。”

我看见他脸上喜悦的光彩骤然退去，失望重重写上眉端，不觉有些于心不忍，宽慰道：“我能想起一部分，就能想起更多，假以时日，说不定真能想起她坠楼的真相。”

冯凯精神一振:“对,我们还有机会。雨琪,你先说说你都想起了什么,或许能从中找到一点线索。”

“紫涵她……好像很喜欢余知原。”

我试探地说道,不出所料地看见冯凯眼神一暗,脸上露出受伤的神情。

“我一直不明白,紫涵为什么会看上那个家伙。靠女人供养的软骨头,除了琴弹得好,几乎一无是处!”

“因为他很干净。”

“干净?”

“是的。温紫涵眼里的余知原,是一个纯粹为音乐而生的人。她以为对方和自己一样痴迷音乐,却不知道钢琴只是余知原逃避现实的工具和改变命运的跳板。她看错了人,也爱错了人。”

“没错！”冯凯把筷子往桌上重重一拍，“当初我也苦口婆心地跟紫涵说过，那家伙就是个绣花枕头一草包，但她就是不信，所以我发了张帖子，想揭穿余知原的真面目……”

“任艳玲陪酒跳艳舞的帖子是你发的？”

“你都知道了？”冯凯惊讶地看了我一眼，“没错，是我发的，谁叫她竟敢打紫涵！那丫头受了委屈还不告诉我，后来我从其他同学那儿听说了，差点没气炸了肺。从小到大，我都没让紫涵受过半点委屈，谁敢欺负她，我就跟谁拼命！她要是个男的，我早把她打趴下了。不过我从来不打女人，所以就偷拍了几张照片警告她，顺便也让紫涵看清楚余知原到底是个什么样的人。”

“你怎么知道紫涵喜欢他？”我奇怪地问。按照我对紫涵的了解，她是一个那样矜持又骄傲的女孩，怎么可能告诉别人自己在暗恋某个男孩呢？

“这个……”冯凯脸上突然露出一点可疑的红，说话也吞吞吐吐起来。

“到底怎么知道的，快说！”我冲他一瞪眼。

在我严厉目光的压迫下，他只好坦白：“好吧，我说，其实……我是偷看了她的日记。”

“日记？紫涵写过日记？”

“是的。有一次我陪她逛街，她试衣服的时候让我帮她拿着包。后来包里的手机响了，她叫我把手机拿给她。我拿手机时，无意中看到一本日记。我知道偷看别人的日记是不对的，但是我……我太想知道她到底在想什么了。虽然我们两家是世交，我俩从小一起长大，她早就知道我喜欢她，却从来没有告诉过我她的真实想法，对我也总是忽冷忽热、若即若离的。所以我就趁她在试衣间换衣服的时候，偷偷翻了一下她的日记，结果……”

冯凯眼神暗沉，似乎又想起了当年深受打击

的一幕。

“那本日记在哪儿？我想看看。”

“紫涵去世后，吴阿姨把她的遗物都放在一个箱子里,这本日记应该也在里面。”

吃过晚饭,我迫不及待地拉着冯凯去了干妈家。看见我们一起回来,干妈显得很高兴,但当我提出想看温紫涵的日记时,她却犹豫了。

“日记是紫涵的隐私，她可能不愿意被别人看到。”

“冯凯告诉我,他怀疑紫涵的死另有隐情。而我最近也常常出现一些与紫涵有关的幻觉,我想如果能看到日记,了解更多之后,或许就能知道紫涵的真正死因。”

“让她看吧！”干爹在一旁突然说道。

干妈还想说什么，却被他一个眼神止住了。她无奈地叹了口气，去箱子里找出了温紫涵的日记。

“无论你想起什么，一定要马上告诉我！”干爹郑重地叮嘱道，他严肃的眼神中有沉甸甸的期待，还有某种我看不透的复杂的东西。

我顿觉肩上多了副无形的重担，因为和温紫涵之间那种特殊的联系，我成了解开她死亡之谜的钥匙。

我能找到真相吗？

为什么与紫涵有关的很多事我都能一一想起，却迟迟想不起她临死前所发生的事？

难道这其中隐藏着什么她不愿回想的可怕秘密？

一种隐约的不安在我心底盘绕，我心事重重地冲干爹点了点头，就抱着日记本去了书房。

16

静谧的夜晚，我在一盏台灯下看温紫涵的日记。

难怪干妈不愿给我看，因为紫涵把自己对余知原那些复杂而隐秘的情感全都毫无保留地倾诉在日记中了。

“当我拿出笔正要递给他时，却突然改变了主意。我恨自己竟然变得如此卑微，让对方牵动了我所有的情绪，而我在他眼中却毫无存在感，跟陌生人没什么两样。不行，我必须让他知道，我不是一个可以随便忽视的人！所以，我收回了笔，告诉他不想借给他。看到他诧异又受伤的眼神，我既快意又难过。很高兴他终于注意到我了，很高兴我也可以令他受伤，但是，他一定会认为我是个刁蛮无礼的人。想到这儿，我的情绪又低落下来……

“回到宿舍，室友埋怨我没帮她占位，说我见色忘友。我吓了一跳，难道我的心思这么容易被人看出来？不行，我以后一定要更加小心地掩饰，如果被人知道我暗恋余知原，那我还不如死了算了……

“看见余知原和他的女友抱在一起，我难受得快要死掉！但我的自尊撑住了我，我绝不能在他面前流露出一丝一毫的脆弱。于是我套上冷漠的盔甲，故意说了伤害他的话，看见他羞愤地离去，我的心里也像刮起了一阵龙卷风。我开始弹奏《野蜂飞舞》,这首曲子正应该由我这样的人来弹,因为嫉妒令我疯狂,我就像渴望报复的野蜂,狠狠地刺伤他,也刺痛了自己……

“晚上,我失魂落魄地回宿舍,路上遇见了辅导员。她曾是我爸的学生,对我很是关心照顾,见我神色不对,就问我怎么了。我搪塞不过去,只好随口说有同学在琴房谈情说爱,让我们这些想练琴的人反而没有琴房可用。没想到她非要我说出那人的名字,还说会找他谈话,叫他以后不要再让女友进入琴房。听了这话,我心里一动,竟鬼使神差地说出了余知原的名字。或许潜意识里,我只是想通过辅导员发泄一下自己的嫉妒。然而回到宿舍后,我却开始憎恶自己,什么时候竟变成了一个爱打小报告的人。我爸一直教育我,不要背后说人是非,然而现在,我却成了自己最讨厌的那种人。都怪余知原,我恨他,是他让我变得不像自己了！

“我在他也参加的惠民演出上弹奏《水边的阿狄丽娜》，推荐他跟我在国际音乐节上四手联弹，并特意挑选了舒伯特的《f小调幻想曲》，但他却根本不懂得我的心思，也听不出我在乐曲中传递的爱意。甚至当我借舒伯特的话向他表白时，他竟然认为我在讽刺他！这个聋子！瞎子！呆子！笨蛋！白痴！宇宙第一大蠢蛋！我怎么就可悲地看上了他这块木头疙瘩？当他说自己能从乐曲中感受到舒伯特的爱意时，我简直想仰天大笑，这真是我听过的最好笑的笑话！

“我在盛怒之下打了他一耳光，事后我也很后悔，却不知道该怎么弥补。他眼中的恨意，就像划过我心上的刀片，让我痛到了骨子里。他离我越来越远，我们到底是怎么走到这一步的？其实我根本不想处处针对他，但每次他的冷漠都能成功地激怒我。在他心里，没有我的一席之地，我似乎永远只是他的竞争对手。这真是令我痛苦又绝望，在余知原身上，我受到的挫折比我这一辈子加起来的都要多。命运总是公平的，他给了你一些东西，就会收回另一些。可能我的人生太过一帆风顺，所以要在他这里多吃点苦头吧，但我相信总会有苦尽甘来的一天。

“任艳玲认为我欺负了他，也打了我一耳光。冯凯为了替我报仇，就发了张帖子，将他被女友供养的事公之于众。他被骂得很惨，我却一点也不开心，还生气地骂了冯凯一顿，叫他赶紧删帖。我没想到他的家境竟会这么窘迫，而在逆境中挣扎的他竟能成长得如此出色，我对他的爱又多了几分怜惜和钦佩。大家骂他吃软饭，但我一点也不觉得这是他的耻辱，因为我知道，他的魅力是可以让女人为他做任何事的。我甚至嫉妒任艳玲，因为她可以在他身边帮助他、守护他，为他做任何事。据说爱情令人盲目，爱一个人真的可以爱他所有的缺点吗？我好像就是这样。这让我觉得既甜蜜又危险，我是不是有些走火入魔了……

“他竟然认为是我发的帖，和任艳玲一起来质问我。我简直气得要死，于是提出了那个赌局，想打击一下嚣张的任艳玲，如果能拆散他俩就再好不过。然而我知道希望很渺茫，因为任艳玲这么强势的女人，是绝对不会主动放弃他的。有时候我真的很绝望，他就像被牢牢抓在任艳玲手中的一只鸟儿，我该怎样才能让她放手，或者让他主动飞向我？我能做到吗？我想为自己的爱情战斗一次，所以这个赌局，我一定要赢！

“任艳玲约我在公园见面，她的样子很沮丧，说她不知道和我打赌的这个比赛对余知原会那么重要。比赛的获胜者将代表学校去参加一个重要的国际钢琴大赛,这是他一直渴望的机会。任艳玲认为我是院长的女儿,为了赢一定会不择手段。她不想余知原失去这么难得的机会,所以请求我取消赌局,也不要我道歉了,甚至说可以让我还她一耳光,只要我能够把这个机会让给余知原……"

灯光仿佛水纹一样波动起来,日记上的字渐渐变得模糊,像掉进水里的墨汁一样分解、溶化,然后又慢慢凝聚在一起,变成一幕清晰真实的场景——

是公园一处偏僻的角落,两个女孩站在一起,正激烈地争执着什么。

"不要用你龌龊的心思来揣度我,我会堂堂正正地比赛,堂堂正正地赢他,绝不会耍弄什么卑鄙无耻的手段!"

温紫涵美丽的面容因为受到羞辱而变得通

红，布满了愤怒。

“别说得好听！”任艳玲讥讽地说，“台下的评委哪个不是你爸的同事和下属，那些看着你长大，让你叫着叔叔阿姨的人，他们打分怎么会不偏向你？”

“你觉得余知原输定了，是吗？”

“他和你不一样，你知道他走到今天吃了多少苦吗？你可以轻轻松松就拥有一切，这个机会对你来说微不足道，对他却真的很重要。求求你，退出比赛吧！只要你答应，让我做什么都行！”

“是余知原让你来求我的？”

“不是，我是瞒着他来的。因为我实在不忍心看他发疯似的练琴，把自己逼得快要晕倒。我真不明白你为什么要这样针对他。”

任艳玲停了一下，狡黠的目光在对方脸上逡巡，然后缓缓地，以一种暧昧的语气说道：

“其实……你是喜欢他的,对吗?”

“你胡说!”温紫涵的脸红得像要烧起来,“我……我哪有喜欢他?”

“你看他的眼神瞒不了人。我们是同性,我知道一个女人会以怎样的眼神看自己爱慕的人。你打这个赌,也是为了让我离开他,是不是?好,我答应你,只要你把比赛的机会让给知原,我就离开他。”

温紫涵又羞又怒地看着任艳玲:“你是笃定余知原知道你为他所做的牺牲后,就更不会离开你了,是吗?你以为自己为他所做的一切,是一种很伟大的牺牲吗?其实,你是在用你的恩惠逼他不得不爱你,你这种爱会令他窒息!他对你到底是爱还是感激,恐怕连他自己都不清楚。如果我是你,我绝不会爱得这么卑微,我会和他一样出色,让他以我为荣,成为能够和他并肩而立的人,而不是躲在他背后见不得人的可怜虫！”

“你凭什么可以高高在上地说出这番话？”任艳玲终于愤怒地爆发，“你不过是仗着自己有个好爸爸，你能理解我们在贫困中挣扎的辛酸和无奈吗？我和知原才是同类，你们根本不可能有共同语言，你不会理解他，他也不会理解你，你们注定是两个世界的人！”

“如果我说绝不退出比赛呢？你凭什么阻止我？”

“就凭这个！”任艳玲突然从口袋里掏出一把水果刀，寒光照亮她眼中的疯狂，“我伤了你这双手，看你还拿什么和知原争！”

水果刀朝温紫涵狠狠刺来，她惊慌失措地闪避。

在这危急时刻，冯凯突然出现了，他用力抓住任艳玲的手，两人在扭打中，刀子一不小心在任艳玲脸上划出了一道伤口。

她摸到脸上的鲜血，顿时失控地尖叫起来。

“快滚！”冯凯眼神狠厉，“如果你再敢伤害紫涵，我不敢保证还会不会做出什么可怕的事！”

任艳玲目光带着噬人的恨意看了他俩一眼，捂着脸狼狈地离开了。

“紫涵，你没事吧？”

冯凯将啜泣的女孩搂入怀中，拍着她的后背柔声安慰，又心有余悸地说：“那个任艳玲简直是个疯子！以后你一定要离她远点，千万别再单独跟她见面。要不是方才我给你打电话，知道你跟她要在这儿见面，觉得不放心就马上赶了过来，还不知道会出什么事，要是来晚了一步……”

他想到可能的后果，禁不住阵阵后怕。

温紫涵在他怀中惊魂未定地颤抖着。等她情绪渐渐平复后，冯凯便问：“任艳玲为什么来找你？”

“她想让我放弃后天的比赛，把机会让给余知原。”

“简直岂有此理！”冯凯怒不可遏地说，“余知原太卑鄙了，竟然想用这种办法取胜。”

“不，”她慌忙说，“余知原并不知道。”

“你还替他说话？他们两个根本就是一丘之貉！”冯凯恨铁不成钢地咬咬牙，又不放心地问，“你没答应她吧？”

“没有。”温紫涵低声说，“其实我是想……”

她突然住了口。

夜幕下的公园在一瞬间碎裂，化作漫天的黑色碎片，像零乱飞舞的黑鸦，融化在淡黄的月光中。

我又从幻觉回到了现实。

眼前依然是一盏台灯，淡黄的灯光笼罩着日

记本上秀丽的字体。

“我没有答应任艳玲的要求，虽然我已经决定把这个机会让给余知原,但我不想让他以为是任艳玲为他争取的机会。我要在钢琴大赛上打败他,然后再告诉他,自己准备放弃国际比赛,把这个机会让给他。他一定很惊讶,然后会感激我,我已经迫不及待想看到他脸上的表情了……”

日记到这儿就结束了。

我不知道后来发生了什么事,竟会让温紫涵坠楼身亡。想到她日记里的字字句句,我一时间心里感慨万千,好像有无数毛茸茸的植物爬满那片柔软的地方,叶片上还密布细小的倒刺,一不留神就勾扯出一片难言的酸涩和疼痛。

“紫涵,如果你在我的身体里,请告诉我那天到底发生了什么事！”

我闭上眼睛,虽然集中了全部注意力,却始

终没有再出现任何幻觉。

仔细想想，每次幻觉的出现，似乎都是因为有了某个触发点：熟悉的人、熟悉的环境、相似的行为……或者是毫无防备的梦中。

“想起什么了吗？”干爹的声音突然在我身后响起。

“暂时还没有。”

我黯然摇头，合上日记本，对他说：“能把这本日记借给我吗？或许它对找出真相有帮助。”

“拿去吧。”干爹点头同意了，迟疑了一下，又叮嘱我，“你自己也要多加小心，我不想紫涵的悲剧再次发生。在我和你干妈心里，你就像我们的另一个女儿，所以你一定不能再出事。如果遇到危险，记得马上打电话给我！”

第一次听干爹说这么多话，我心里暖暖的，同时鼻端也酸酸的。

这一刻,我不再去纠结他们是不是因为温紫涵才对我爱屋及乌,因为我能感觉到他们对我的疼爱和呵护是真挚的,这让我觉得自己真是一个太幸运的人。

而最该感谢的是温紫涵，是她赐予了我新生,并给了我一段以前从未想象过的人生。

现在,她又在冥冥之中指引我,让我预感到自己即将跨进真相之门。

紫涵,如果你真是枉死的,就让我来替你讨还公道吧!

“全都看完了?”干妈不知什么时候也走了进来。

我点了点头。

她的目光扫过我手中的日记本,叹息道:“紫涵这孩子从小就是这样的性子,越喜欢什么就越表现得冷淡疏远。她小时候,我们住在大院里,隔壁是她沈阿姨家。她家孩子沈浩常来我们家玩，每次紫涵都对沈浩表现得爱理不理，还经常跟他吵架，被我批评了很多次。那时她跟冯凯倒挺合得来，冯凯还经常帮她欺负沈浩，把人家孩子弄哭了好几回。我们一直都以为她讨厌沈浩，后来沈阿姨一家移民到国外，我们没有告诉紫涵，有一天她突然问我，沈浩哥哥怎么很久都没来玩了？我说沈浩一家搬到国外去了，再也不会回来了。她当时就'哇'的一声大哭起来，我吓了一跳，压根儿没想到她的反应会那么大。过了很长一段时间，她才渐渐淡忘了这件事。然而她这个别扭的性子，从小到大一直都没有改变过。"

"这孩子就是太敏感，自尊心太强，也不知道像谁。"干爹在一旁插话道。

"像谁？"干妈瞪了他一眼，"我看就是你的翻版！你那心思整天就跟藏在地洞里一样，让人猜来猜去，费老大劲儿都不知道你在想些什么。”

“好啦好啦，别当着孩子的面说这些。”干爹急忙打断她的话，对我说，“冯凯还等在外面，你去送送他吧。”顿了顿，突然又加上一句没头没脑的话，“冯凯这孩子不错。”

我的脸唰的一下红了，轻轻“嗯”了一声，抱着日记本走了出去。

冯凯果然还在客厅等我，眼睛盯着电视屏幕，心思却不知飞到哪儿去了。见我出来，他立刻站起身，迫不及待地问：“看了紫涵的日记，你对她的死因有头绪了吗？”

“暂时还没有。”我叹了口气，又问，“为什么校园里会有这样的流言，说紫涵是因为向余知原告白后被拒绝才羞愤自杀的？”

“全是无稽之谈！”冯凯气愤地说，“紫涵那么心高气傲的一个人，怎么可能主动跟余知原告白？”

“我也觉得不太可能。”

我想起了她跟余知原合奏的事，借舒伯特的话来向对方含蓄地表达情意，大概是她所能做到的极限了吧。更何况表白被余知原曲解后，她受到很大的打击，以她的骄傲和自尊，以后更不可能再主动直接地告白了。

“但为什么会有这样的传言呢？以紫涵的个性，应该不会让任何人知道她暗恋余知原的事吧。”

“还不都是任艳玲胡说八道。紫涵坠楼身亡后，警察曾来学校调查过，但现场没有监控，也没有目击证人，很难判定是自杀还是他杀。警察根据现场没有挣扎打斗的痕迹这一点，倾向于是自杀。我们把紫涵的日记提交给警方，特别提到紫涵跟余知原、任艳玲两人的矛盾冲突，希望他们能查查其中的疑点。而任艳玲在接受警方问询时，竟然说紫涵去找过余知原，向他告白，想把参加国际大赛的机会让给他，以此作为让他抛弃任艳玲、当她男朋友的条件，没想到却被余知原拒绝了。任艳玲还说自己知道后，就骂紫涵不要脸，勾引人家男朋友，她大概觉得没脸见人，一时想不开就跳了楼。”

“原来如此。”我轻轻点了点头，“对不了解紫涵的人来说，这确实是一个合情合理的解释。但我们都知道，她绝对做不出任艳玲所说的这种事。她是那样高傲，哪怕对余知原，她的爱也是居高临下的，即使爱到能包容对方的缺点，但这份爱意仍被她深埋在心底，她绝对不会放下自尊，以交易的方式去卑微地企求爱情。所以我同意你的看法，紫涵的死一定另有隐情！”

又聊了一会儿，冯凯便告辞离去，我送他到

了楼下。

此时夜色已浓，天空流云浮散，现出一轮冰盘似的月亮，流转着清冷的光，周围疏星零落，越发衬出它的孤傲与冷清。

“如果当初紫涵选择的是你，或许悲剧就不会发生了。”我望着那轮孤月，轻声叹道。

“我也这样想过。”冯凯眼中浮出一丝苦涩和怅然，“但后来我想明白了，就算时间倒流，一切重来一次，紫涵还是会喜欢余知原。因为他俩才是同类，都是出类拔萃的音乐天才，所以会不由自主地被对方吸引。而我呢，虽然跟他们是同学，但论才华，却被他们甩出了八条街，也难怪紫涵看不上我。现在也一样，人家是名扬世界的著名演奏家，而我只是个卖钢琴的商人……”

他自嘲地摇摇头，打住了话头：“你早点休息吧，我走了。”

望着他落寞的身影消失在漆黑的夜幕中,我的心情也变得沉重。虽然他现在的事业很成功,但心里依然藏着技不如人的隐痛。我听干妈说过,当年他为了追紫涵,曾苦练琴艺多年,然而毕竟天赋不高,最终也未能有所突破。

“天才是百分之九十九的汗水,加上百分之一的灵感。”

这是世人皆知的名言,然而又有多少人知道,在它后面还有一句:“但那百分之一的灵感是最重要的,甚至比那百分之九十九的汗水都要重要。”

其实,把灵感换成天赋又何尝不成立?

没有天赋,就算付出再多汗水和努力,或许能让自己变得优秀,却永远无法登上大师的殿堂。

有时真相就是这样残酷。

心高气傲的温紫涵，她的眼睛只看到比自己更强的人，却忽视了一个一直在背后默默关心她的人。

“紫涵，如果现在让你重新选择，你会选谁？”我的手按上胸口，轻声问道。

心脏那儿突然传来一阵异样的悸动，就像一声抑制不住的呜咽……

17

一间琴房传出《水妖》熟悉的旋律，吸引我不由自主地朝那儿走去。

推开虚掩的房门，我毫不意外地看到了他，余知原。

琴声戛然而止，他抬起头，微微发红的眼圈带着尚未散去的伤感。

面对我猝不及防的出现，他似乎有些被人撞破的狼狈，沉着脸问我："你来干什么？"

"我有件事，本想去老师家里拜访，但师母告诉我您在琴房练琴,所以我就找到这儿来了。”

“什么事?”

“我觉得您应该看看这个。”我把温紫涵的日记递给余知原。

他疑惑地接过去,翻看起来,很快就神色大变。

我站在一旁,看着他冷漠的面具一点一点破裂,呼吸渐渐变得急促,指尖微微颤抖……

终于,他看完最后一行字,抬起头,布满血丝的眼睛死死地盯着我,才一开口,声音竟已沙哑。

“这是温紫涵的日记?”

“是的。”

“为什么要给我看?”

“因为我不想她死后还被老师误会，我想应该让您知道她的真实想法。”

“知道了又如何?”余知原低下头,失神地自语,“她已经不在了。”

“或许老师知道她的真实死因，我认为您应该说出来,才不枉她对您付出的一片真情。”

“你是说……”

“温紫涵到底是怎么死的，我想老师应该比谁都清楚。”

我冷静地望着他,趁对方看了日记心神大乱之际,乘胜追击,说不定就能击溃他的心防,从他嘴里套出真相来。

“想知道温紫涵的死因吗？你应该来问我！”一个冰冷的声音突然在门口响起。

我惊得一回头,就看见任艳玲一脸愠怒地站在门口。

“师……师母好！”我结结巴巴地打了声招呼。

“你来做什么？”余知原不悦地问。

“有女学生上门找你，我当然要跟来看个究竟。”任艳玲阴阳怪气地说,完全无视余知原黑沉的面孔。

“你要点颜面好不好！”余知原恼怒地说。能让一向淡泊的他说出这样重的话,可见他确实被气得不轻。

“颜面？”任艳玲冷笑道,“是你先不要颜面，那大家索性都撕破了脸，今天就来说个清楚明白。你以为我不知道你整天跑琴房来干什么？你就是怕我知道你心里还想着那个死丫头！我来琴房听过几次，你翻来覆去弹的都是她喜欢的曲子。以前有好几次参加你们学校的音乐会,我都见过那贱人在台上弹奏时,你看她那种异样的眼神。其实你早就变心了,对不对？”

“你胡说什么？”余知原恼羞成怒地吼道,“当着学生的面,你少说几句行不行？”

“你敢做,难道我不敢说?你以为我不知道你那些心思?如果不是觉得自己配不上人家,你早就不管不顾地去追了。枉费了我这么多年忍辱负重地为你付出,你还有没有半点良心?其实你心里一直瞧不起我是不是?人家长得比我美,琴又弹得好,还有个当院长的爸爸,我看你做梦都想攀上这个高枝儿……”

“啪”的一声脆响,把歇斯底里的任艳玲瞬间打哑火了。

她震惊地捂着脸,嘴唇哆嗦着,沉默了两秒钟,突然爆出一声尖锐的哭叫——

“你竟然打我?!”

“这一巴掌,早在六年前就该打了!”

余知原颤着手把日记递到她跟前。

“那次比赛之前,你去找过温紫涵对不对?你想让她放弃比赛,被她拒绝后,竟然想弄伤她的手，好让她参加不了比赛，对不对？”

任艳玲惊疑地接过日记本，看见里面所写的事实后，脸唰的一下白了。

“这……这都是编造的，假的，全是假的！”

“你以为一个人会在日记里编造谎言吗？这本日记她从来没想过会给任何人看，她有必要编造谎言吗？”

“不是的……知原，你听我说……”

“还记得那天你跑来找我，都说了些什么吗？你说温紫涵找人教训你，还拿刀划伤了你的脸，让我去为你讨回公道。你还说，温紫涵故意这么做，就是为了扰乱我的心神，让我输掉第二天的比赛。是不是？你是不是这样说过？”

余知原直勾勾地看着她，在对方逼人的目光下，任艳玲越发惊慌失措，情急之下竟编不出一个可以搪塞过去的理由。

“所以，日记中写的都是真的。艳玲，以前我并不了解你，所以才信了你的谎言。但现在我已经知道了，你是一个多么狠毒的人！”

这句话深深刺痛了任艳玲，让她瞬间发了狂，凄厉叫道：“是，我狠毒，我狠毒也是被逼的！我为什么要去找温紫涵？我是为了谁？你这个没良心的，我冒着坐牢的危险为你扫清障碍，你不感动就罢了，竟然还说我狠毒？”

“你做这一切真的都是为了我？”

余知原神情古怪地望着她，嘴角淡漠地勾起，似在冷笑，又像在嘲讽。

“你把自己塑造成圣母的角色，让我只能依靠你，仰仗你，离不开你，只能跪在你脚下，接受你所施予的恩惠。你用所谓的恩情打造了一个牢笼，把我关在里面，窒息到死也出不去！”

“你说什么？牢笼？我的牺牲对你而言就是牢

笼？”任艳玲的声音因为激动而变得出奇的尖利，“为了你，我早早就去打工，甚至陪酒，跳艳舞，被人戳着脊梁骨骂。这一切我都忍下来了，因为有你，我做这一切都是为了你！”

“我没有要你为我牺牲，你的牺牲对我而言是一种难以负担的压力。你把这种牺牲当绳索套在我的脖子上，让我不得不听从你所有的安排，甚至……娶你，即使我从未爱过你！”

情急之下吼出心里话后，余知原颓然坐回琴凳上，整个人就像瞬间枯败的老树，充满凄绝的沮丧。

而任艳玲更是如遭雷击，仿佛支撑她一身气势的骨头突然散了架，浑身都在抑制不住地颤抖。

“好，好……你今天终于说了实话……原来你从来就没有爱过我……”

她指着余知原，悲愤地质问：“为什么你以前不告诉我这些？让我早点死心，早点离开，也好过在你这没心没肺的人身边耗费了大好青春！”

余知原黯然道：“因为那时的我，不懂得爱和感激有什么分别，而我也习惯了你的存在，并且大部分心思都放在钢琴上，顾不上去想别的。”

“也就是说，如果不是温紫涵的出现，你和我还是能平静地度过一生，是不是？”

余知原低头不语，似是默认了。

“那她现在已经死了。知原，我们不要再为一个死人争执，伤了彼此之间的感情。”

任艳玲上前一步，张开双臂，想像往常一样抱住他，做出和解的姿态。

然而余知原起身避开了，他径自走到窗边，望着渐起的暮色，留给对方一个冰冷的背影。

窗外，夕阳已收回对大地的最后一丝眷恋，

沉没在遥远的西方。黑色天幕慢慢落下，遮盖了一切，红花绿树、场馆大楼，明朗的校园风物变成了一个个黑色的剪影，在瑟瑟的夜风中沉默。

不知过了多久，他痛苦的声音终于响起，深深切切，搅动了夜色——

“我没办法忘记……我忘不了温紫涵是怎么死的……六年来，我没有一刻得到安宁……我总是梦见她……她在怨恨地质问我……问我为什么不敢说出真相……”

“真相到底是什么？老师，请您说出来吧！”一直冷眼旁观的我，终于忍不住插话。

“想知道真相吗？”

任艳玲突然转头盯着我，脸上的肉扭曲着，挤出一个难看到极点的笑容。

“让我来告诉你！”

她转身朝外走去，边走边说：“这儿人来人往的，说话不方便。跟我去天台，我会把事情经过详详细细地告诉你。”

我正要跟上她，身后突然传来余知原惊惧的叫声：“艳玲，你想干什么？”

“干什么？”任艳玲停下脚步，回头讥诮地看了他一眼，“我要告诉她真相，到现场说不是最合适不过吗？”

她一把抓住我的手，手指冰冷，让我忍不住打了个寒战，还没反应过来，就被她拉扯着，一路拉上了顶层的天台。

18

夜晚，天台上的风冷得彻骨。乌云在天空滚动，暗淡的月亮像蒙了灰的铜镜，生硬地贴在铁黑色的幕布上。

任艳玲把我拽到天台边沿，示意我朝下看。

“六年前，温紫涵就是从这儿跳下去的。”

我刚一探头，顿觉一阵头晕目眩。与冷风同时穿脑而过的，还有一个女孩的声音——

“要我重复一百遍吗？我没有叫人去教训任艳玲，难道你就只相信她的话，而不相信我？”

我心下一激灵，眼前突然出现了温紫涵的身影。

她竟爬上了只有半米宽的天台边沿，风吹得她的衣裙“哗哗”作响，而她长长的青丝在风中零乱飞舞，凄美得就像一朵将要随风飘逝的花。

她回头望着下方一脸震惊的余知原，露出惨淡的笑。

“如果我从这里跳下去，你是不是就会相信我？”

“别开玩笑了！”余知原脸上终于现出惊慌的神情，连声说，“你快下来，快点！”

女孩突然俏皮一笑，对着前方黑暗的夜色、远处高楼上零星的灯火，慢慢张开双臂，就像一只想要投向夜空的飞鸟。

“如果你相信我，就抱我下来！”她任性地说。

或许在她心里，此刻自己就像泰坦尼克号上

站在船头迎风展臂的女主角，身后会有一双温热有力的手臂紧紧抱住她……将她抱下高台，告诉她，自己错怪了她。

她静静地站在高处，就像一只立在悬崖上的孤鹤，紧张而又期待，等着命运的罗盘停下来。

她用自己的生命下了一注，赌余知原不会让她有事，赌对方会对她心软。

余知原僵立片刻，终于朝前迈出一步——

女孩嘴角微微上扬，如枝头骄傲盛开的玫瑰，绽放出喜悦的芬芳。

然而下一秒，我耳边却响起一声凄厉的惨叫，仿佛有一股大力从背后推来，眨眼间已失去女孩的踪影，紧接着是一种恐怖的坠落感，濒死的绝望和痛苦瞬间充斥了我的大脑……

救护车尖锐的声音打破了夜的沉寂，跟着响起一片零乱的人声。

“医生,她怎么样了？”一个熟悉的声音突然钻进耳中。

是冯凯!

“对不起,我们已经尽力了。她伤势太重,无法挽回,你们去看她最后一眼吧。”

“紫涵……紫涵……”

撕心裂肺的哭声,是干妈!

“紫涵,你还能听到爸爸说话吗？你放心,爸爸相信你不会无缘无故坠楼,我一定要找到那个杀害你的凶手,为你讨还公道！”

压抑着悲痛的声音,是干爹!

“她的心脏没有受损,真是一个奇迹！你们是否愿意将她的心脏移植给别人,让她的生命以另一种方式延续下去？”

“心脏移植？”

“温叔叔,紫涵曾跟我说,她看过一篇报道,有人移植了别人的心脏后，竟然变得很像那个人，还具备了以前没有的才能。她还说，如果自己死了，就把心脏移植给别人，那样不是又可以活过来了吗？所以，我想紫涵一定很愿意移植心脏，而这也是我们唯一的希望，说不定奇迹真的会出现呢！”

伴随着冯凯哽咽的声音，我的心脏一阵剧痛，就像突然被人从胸腔中生生挖了出来。

我痛得呻吟一声，抱着脑袋急促地喘着气。

“怎么，不舒服吗？你要不要站上去，体验一下温紫涵跳下去之前的感受？”

一个邪恶得像女巫一样的声音在我耳边响起，与此同时，我感觉到一双手正把我朝外使劲推去——

我突然惊醒，本能地拼命挣扎起来。

我抓住了她的手腕，听见她在我耳边粗重的

喘息声，一种令我毛骨悚然的熟悉感，就像雷电般击中了我。

“是你?！那天晚上袭击我的人原来是你！”

任艳玲狞笑道：“你早就该死了！去死吧，贱人！”

伴随着恶毒的咒骂声，我看见她疯狂而扭曲的面容，恐惧突然涨满了我的胸膛，那颗心激烈地跳动着，像在尖叫，在怒吼……

“够了，艳玲，你还想发疯到什么时候？”

余知原不知何时也冲上了天台，用力一把将任艳玲推开，而我则惊魂未定地躲到他身后。

任艳玲大笑起来，她此刻的样子，真的就像一个丧失了理智的疯婆子。

“发疯？对，我是发疯了！当我偷偷跟踪你们，看到你走过去想要抱住她的那一刻，我就已经发疯了！

“你说过，如果没有她，我们就能平静地度过一生，是不是？

“所以她应该消失，彻底地从这个世界上消失！”

她的疯话里带着隐秘的信息，在我脑中蓦地擦出火花，电光石火的一刹那，我突然明白了一切。

“原来是你！”我高声叫道，“是你把温紫涵推下楼去的，对不对？因为你嫉妒她，怕她抢走了老师！”

“是我又如何？”任艳玲像朵有毒的罂粟，笑得格外狰狞，“我只想跟知原好好过日子，那贱人偏要来横插一脚，所以她必须死！”

“你太狠毒，太可怕了！”我望着她，不寒而栗。

19

深夜，站在天台边沿的女孩，像一只立在悬崖上的孤鹤，背影纤瘦、单薄，楚楚可怜！

余知原情不自禁上前一步，正要伸手去抱她。

一个人影突然从暗处冲出来，像一阵挟着怒气的旋风，在他还没反应过来之前，已用力一把将温紫涵推了下去——

女孩的惨叫声像一万伏高压电流，将余知原击倒在地，浑身的骨头瞬间被恐惧化成了水。

他瘫软地颤抖着，脸色惨白，像见鬼似的望着杀人凶手。

“你，你，你……”他嘴唇哆嗦得太厉害，竟说不出一个完整的句子。

和他相比，凶手却冷静得多，脸上甚至带着他熟悉的笑容。

每次她安慰他，为他打气的时候，总是这样微笑着。

“我是在帮你，知原！”

她俯下身子看着他，声音绵软甜蜜，像包裹着毒药的糖：“只要除掉她，明天的比赛你就能稳操胜券了！”

“不——”他终于找回自己的声音，惊恐而愤怒地质问对方，“你怎么能这么狠毒？为了一场比赛，你竟然……竟然杀人？”

“我杀人还不都是为了你！如果你输掉了这

场比赛,就会失去人生中最重要的一次机会。还有一年你就要毕业了,而你还缺少一个能证明自己实力的重要奖项。难道你想让这么多年的努力付诸东流,再回到那个落后的小城,当一名碌碌无为的钢琴教师吗?”

“可是……你杀了人!这是要偿命的,你知不知道?”

“谁说我杀了人?和她一起来天台的人,是你!如果警方调查的话,你说谁是最大的嫌疑人?我能找到人证,证明今晚我都在陪他喝酒,而你呢?你能找到证据证明自己没有出现在现场吗?”

“你想让我背黑锅?”余知原难以置信地瞪着她,“你……你简直……”

“不,知原,我从没想过要害你。”

她紧紧抱住对方,将他的头安放在自己胸口,柔声诱哄道:“今晚的事,只要你我不说,绝对不会有第三个人知道。她是自己跳楼身亡的，就算有人怀疑也找不到证据。我会告诉警察，你今晚一直跟我在一起，我将会是你最忠实的、永不背叛的证人！”

被她一番连哄带吓，余知原早已六神无主，脑袋乱成了一锅粥，完全失去了思考能力。

夜，黑得就像一双罪恶的手，扼住了人的脖子，只听见惊恐的喘息。

“咱们快走吧，别被人发现了！”

她拖起浑身瘫软的余知原，硬拽着他，跌跌撞撞地离开了天台。

20

“知原,你也觉得我很可怕吗?”

任艳玲望着余知原,在这个她所深爱的男人面前突然露出脆弱的样子,仿佛那身强悍的铁皮裂开了一道犬牙交错的缝。

“艳玲,你去自首吧。”余知原微微别开脸,合上眼帘,似乎不愿再看到她。

“自首?哈哈哈哈……”

任艳玲突然狂笑起来,疯癫的面孔就像融化的蜡像,扭曲而可怖。

“我宁愿死，也不会自首！”

她手脚利落地爬上天台边沿，站在当年温紫涵所站的地方，挑衅地望着余知原。

“知原，你想逼死我，是吗？”

“不，艳玲，你快下来，有什么话好好说！”余知原跺了跺脚，咬牙道，“为什么你们一个个的都要这样逼我？”

“我就不下来，除非你答应我，再也不提温紫涵的事。”

余知原呆立在黑暗中，而我则紧张地看着这意外的一幕。

在良心和妻子的性命之间，这个懦弱的男人会做出怎样的选择？

浓郁的夜色安静得让人想要尖叫，月光边缘带着淡淡的暗红色阴影，像久远干涸的血迹，而飘忽不定的乌云，又似变幻翻覆的人心。

终于,余知原动了动枯槁的嘴唇,一字一字艰难而痛苦地吐出:“不……我做不到……这六年来……我的良心……没有一刻……平静过……”

他用力揪着胸口,像一个挣扎在地狱深渊中的人,脸上写满了无助的绝望。

“你以为这六年我就过得开心吗?”任艳玲嘶声道,“看你整天像死人一样板着个脸,你知道我心里有多憋闷吗?我们以前在一起是那样快乐,结果都被温紫涵给破坏了!是她毁了我们的生活,她就该死!我从来没有后悔过,就算再回到六年前那个晚上,我还是会做同样的事!”

她斩钉截铁地说着,不曾为自己的罪行感到丝毫忏悔。

即使在这黑色的夜里,她的恶毒也像更浓黑的墨汁,肆无忌惮地泼来。

想到无辜惨死的温紫涵,我的心就像被银针

狠狠扎着，怒火沿着针尖迸发出来！

我故作惊恐，望着她身后黑暗的虚空，突然惊声尖叫起来："紫涵！是温紫涵！她就在你身后！"

任艳玲吓得猛一回头，不料笨重的身体突然失去平衡，摇晃了两下竟栽了下去。

千钧一发之际，她眼疾手快地抓住了天台边沿，大半个身子悬在外面，惊慌失措地叫道："知原，快救我！"

余知原愣了一下，急忙跑过去，抓住她的胳膊往上拽。但她的身体已经变得肥胖，体重不轻，清瘦的余知原一时竟没能拉动她。

而我当然不会去帮她。

原本只是想吓吓她，没想到竟会有这么出乎意料的结果。

或许这正是上天对她的惩罚。

余知原仍然没有放弃，他两只手死死抓住任艳玲，挣得满脸通红，使出吃奶的力气往上拉。

但她沉重的身子依然拉不动。

两人就这样僵持着，远远望去，就像悬在死亡边缘的两只挣扎的蚂蚱。

很明显，他们的力气正在衰竭，余知原抓住对方胳膊的手开始颤抖，似乎不堪重负，而她的身子也在一点一点地往下滑。

我的良心终于出来捣乱，让我无法再袖手旁观，正打算上前帮忙，就听见任艳玲突然问："知原，你真的要我去自首吗？"

余知原愣了一下，但还是沉痛地点了点头，汗水滴落在她脸上，他一边咬牙拽着她，一边气喘吁吁地说："别……说话了……先上来……再说……"

任艳玲脸上突然露出一个惨白得近乎诡异

的笑。

“知原，我不想留下你一个人，咱俩一起死吧！”

她脚掌在外墙上用力一蹬，身子顺势往上一蹿，竟然一把抱住了余知原的脖子，用全身的力量坠着他，将他生生扯了下去，两人搂抱纠缠着，一起摔下了高楼。

这一切发生得太快太突然，等我扑到天台边沿时，已经失去了两人的踪影……

21

毕业汇报演出的音乐会上，我弹奏了一曲《水妖》。

在如雷的掌声中，我望着坐在台下第一排中间的那个人，我的老师余知原。

坠楼的那一刻，任艳玲一直死死抱着他，无意中用自己肥胖的身体当了肉垫，缓冲了落地时的撞击力，才令他侥幸生还，但也受了重伤。

后来他身体一直不太好，饱受病痛的折磨，模样也苍老憔悴了许多。

一想到那个女人连死都不愿放开他，我就觉得不寒而栗。

这样的爱实在太偏执，太可怕了！

我曾经以为，温紫涵就像水妖，爱上了一个不爱自己的人。然而现在我才知道，真正的水妖是任艳玲，她的爱既疯狂又绝望，因为她爱的人从来没有真正爱过她。

“余知原就像她豢养的金丝雀，不能飞，也飞不走。”这是冯凯后来告诉我的一句话。

温紫涵意外身亡后，他曾委托私人侦探调查过余知原和任艳玲，虽然没找到什么有用的线索，却也无意中知道了他们相处的一些细节。

据说任艳玲在平常生活中对余知原照顾得无微不至，但是一切必须由她说了算，一切都得由她安排，就像一部精准的机器，不允许出现任何意外，也不允许做任何违背她意愿的事。

有朋友去他们家做客。大热的天，余知原想吃片冰镇西瓜都不被允许，硬是给他端了杯热气腾腾的绿茶。余知原脸上刚露出不悦，就被她一个“这是为你好”的眼神杀得片甲不留，像一只刚探出头的金丝雀，又乖乖把头缩回了笼子里。

他看书的时候，她会走过来说，看久了对眼睛不好，该出去散散步了。于是她会挽着他的胳膊，在校园里四处展示他们的恩爱，而他则像被爱绑架的囚徒，被她一路扶着慢慢走，就像是年事已高的老人。走一会儿她便说，别累着了，坐下歇歇吧！

她还经常在余知原工作的时候突然出现在他身边，打着关心他的名号随时检查对方有没有出轨的迹象。如果余知原跟女学生或年轻的女老师多说了几句话，她就会阴阳怪气地骂上一天，吓得女性都对余教授敬而远之，生怕招惹到他家的母老虎。

…………

从冯凯讲述的一个又一个生活细节中，我慢慢拼凑出他们的相处模式。

自始至终，任艳玲都在用她的牺牲、她的付出胁迫他，不动声色地，无所不在地，慢慢收紧她的网，一点一滴地侵入他的生活，他的空间，他的一切，甚至他的灵魂。

她用她偏执的爱做了一个精致的牢笼，用她的“贤惠”在那笼上涂上亮闪闪的金漆。

在不知情的外人眼里，他的家被任艳玲打理得井井有条，是一个令人羡慕的安乐窝。她甚至包揽了所有家务，不用余知原操半点心。

然而只有他自己知道，这个家压抑得令他窒息，他宁愿长时间待在学校琴房里练琴，也不想回到那个密不透风的笼子里去，甚至还不止一次想过要逃离。

然而他终究未能逃掉。

演出结束后,我看见余知原在一位女人的搀扶下慢慢离开了音乐厅。

那是他的现任妻子,在医院治病时认识的一位护士。

她的容貌气质都无法跟任艳玲比,唯一的相似之处就是极其勤快能干,把余知原照顾得无微不至。

他们新婚后不久, 我和冯凯曾经去拜访他们, 发现自任艳玲去世后变得凌乱不堪的家,重又恢复到以前那种井井有条、一尘不染的状态。

“老余,别喝咖啡,对胃不好! ”女人当着客人的面,不由分说地夺下杯子,另外倒了杯牛奶递给余知原。

后者脸上掠过一丝尴尬的笑。

大家都在私下说，这位新娶的妻子和当年的任艳玲一样厉害，把老余管得服服帖帖。

或许一个人当惯了金丝雀，就会渐渐开始依赖笼子，最后失去飞翔的能力。

任艳玲死了，他依然住在金丝笼里，只是换了位主人。

22

我也有自己的烦恼。

“你到底喜欢的是我，还是温紫涵的这颗心脏？”我噘着小嘴问冯凯。

“……”

有了前几次的教训之后，这家伙再也不敢回答我的问题。

因为他如果回答喜欢我，那颗心脏就会很生气，然后把暴怒冲动的血液压向我的大脑，迫使我去教训这个可恶的家伙，狠狠揪他的耳朵，这是温紫涵最喜欢的方式。

但如果他回答喜欢温紫涵，我就会很生气地敲他的脑袋，这是我最喜欢的惩罚方式。

“你们两个我都喜欢！”

有次他忍耐不住地大吼道。这下更捅了马蜂窝了，我双手并用，一手揪耳朵，一手敲脑袋。

哪个女人愿意跟别人分享恋人的爱？

这家伙蠢得不明白这样的道理，所以活该被双重惩罚！

这样几次以后，冯凯终于学乖了。每次我问这个问题，他总是顾左右而言他：“这个……对了，今晚有一场音乐会，国际钢琴大师的独奏，我买了票，咱俩一起去看吧！”

于是我就被成功转移了注意力。

生活就在酸甜苦辣的调味剂中继续着，有时我会觉得，自己在享用原本属于温紫涵的人生，她的音乐天赋、男友、父母的宠爱。

这一切，都是那次心脏移植带来的。

然而我发现自己错了。

当我越来越频繁地回忆起与温紫涵有关的一切，包括一些生活小细节，甚至不为人知的秘密时，我终于忍不住产生了怀疑。

做过心脏移植手术的人那么多，我却从来没有听说过，移植心脏能把别人的记忆一起移植过来。

我查阅过很多资料，也咨询过不少医生，像我这种情况根本不可能出现。

那么，发生在我身上的事，到底该怎么解释呢？

这天晚上，在温家吃饭时，我终于忍不住把自己的疑惑当众说了出来。

饭桌上瞬间沉默了。

干妈不安地瞅着干爹，而他则看着冯凯。

后者僵硬了几秒，终于说："温叔叔、吴阿姨，我觉得应该把真相告诉雨琪了。"

"真相？"

我刚吞下一口白灼虾，霎时就被这沉重的两个字噎得喉咙一紧。

干爹神情严肃地放下筷子，对我说："其实，移植给你的，不仅是紫涵的心脏，还有她的记忆。"

时间回到六年前，在决定两个女孩命运的生死关头，温毅轩拨通了一位好友的电话。

"还记得上次你跟我提过的记忆移植吗？"

"当然记得。毅轩，你知不知道，最近我的实验又取得了重大突破，我们刚刚把……"

"死者的记忆也可以移植吗？"

"据我推测是可以的。人脑就像一台计算机，即使主机当掉,但我们用特殊手段,依然能从里面提取到所存储的信息。”

“我女儿刚刚去世，她的心脏将被移植到另一位女孩身上。我想知道她死亡的真正原因,请你帮帮我！”

“可是我们尚未在人体上做过实验……”

“求求你,我已经没有别的选择。”温毅轩的声音已然哽咽。

话筒那方沉默了片刻，才又问:“对方同意吗？”

“我答应心脏移植的条件是要同时进行记忆移植,那女孩原本也活不了多久,她父母已经同意了。”

“那好吧,我试试。但我不能保证结果一定会如你所愿,毕竟我们才刚在活人的记忆移植上取得突破,对死者进行记忆移植,这还是第一次。”

“万事都有第一次，作为一位走投无路的父亲，我愿意冒这个险！”

…………

“也就是说，我在移植心脏的同时，也被移植了记忆？”我惊讶地瞪圆了眼睛，“为什么你们一直没告诉我？”

“因为记忆移植之后，你从来没有想起过任何与紫涵有关的事，所以我们都以为记忆移植失败了。为了不影响你的康复，不给你增加额外的心理负担，同时也是为了保护你，担心凶手知道后会对你不利，所以我们就隐瞒了这个秘密，没有告诉你记忆移植的事。

“后来有一次，你说梦见自己穿着绿色晚礼服，在一个很大的音乐厅里弹奏钢琴。据你父母说，你虽然学过几年钢琴，但弹得一般，并且对学琴一直很抵触。但这之后，你就对钢琴产生了浓厚的兴趣。这让我们又看到了一线希望，于是你干妈开始教你弹琴。当你考上这所音乐学院后，我也安排你住在紫涵曾经住过的宿舍，希望能让你想起点什么。对不起，雨琪，我知道不该利用你，如果你生气的话，干爹向你郑重道歉！”

“我没有生气。”我急忙说，“我的生命都是紫涵给的，我很感激你们，帮她讨回公道也是我一直想做的事。”

“雨琪，你真是个善良的孩子，希望紫涵的记忆不会对你造成困扰。”

“困扰？”

我偷偷瞟了一眼冯凯，看见对方一脸尴尬的笑，不觉掩唇偷笑。

最困扰的，恐怕另有其人吧。

“对了，干爹，”我突然想起什么，又问，“你明明怀疑余知原跟紫涵的死有关，为什么还要让他留校呢？”

“因为我不想让他躲到我找不到的地方，所以才要把他放在自己眼皮底下，等着看他们一点一点露出马脚。”

干爹的城府好深！我暗中咋舌。

“你干爹这个人哪，就是这样，什么事都闷在心里。当初我还埋怨过他，余知原把咱们女儿害得这么惨，为什么还要给他参加国际比赛的机会，为什么还要让他留校。没想到他打的是这个主意。”干妈叹了口气，“看余知原现在的样子，我倒觉得有点不忍心，谁也没想到会是这样的结果。”

“谁叫他当初帮着任艳玲隐瞒真相！”冯凯气呼呼地说，“如果不是雨琪移植了紫涵的记忆，紫涵不就枉死了？”

“这件事以后不要再提。”干爹一锤定音，终结了这个话题。

干妈又忍不住问我："你移植了紫涵的记忆，该不会也对余……有什么想法吧？"

"这——"我瞟了一眼冯凯，看见他一脸紧张的样子，不由得心中暗笑。

就让你再多紧张一下吧！

我灵机一动，故作苦恼地说："虽然我偶尔会觉得，自己的身体好像被紫涵的意识占据了，一度还害怕自己会消失。不过现在知道是记忆移植的缘故，反而放心了。紫涵的记忆确实对余知原有好感，但记忆也是会改变的，经过这么多事后，我们都知道，紫涵喜欢的那个余知原只存在于她的想象中，而真实的余知原并不是她所想的那样。更何况，还有我自己的意识……"

我故意停顿了一下，冯凯果然忍不住问："你自己的意识是怎样的？"

“我自己的意识嘛……”我的脸突然有点发烫，低头拨着碗中的饭粒，声如蚊蚋地说，“我不会喜欢余知原，因为……我已经有喜欢的人了。”

话一出口，我能明显感觉到干爹干妈松了口气，冯凯则露出一脸傻呵呵的笑。

晚饭后，我和冯凯一起出去散步。今晚的月光特别美，照得天地生辉，那种银白的光芒就像梵音一样圣洁。

明天我就要离开这里，前往汉诺威音乐学院继续深造。一时间离情别绪压得人心里沉甸甸的，我们都有些沉默。

“再去学校看看吧！”我说，“马上就要离开了，心里还真有点舍不得。”

于是我们携手去了学校。夜晚的校园宁静而美好，看着熟悉的一草一木，回忆往昔的点点滴滴，那些共同度过的美好时光，就像一朵珍藏在岁月诗集里的花，没有凋零时的颓败，只有盛开时的明艳。

不知不觉走到聂耳的雕塑旁。

“还记得到学校的第一天，你在这里学干爹说话的样子吗？学得还真像！”忆起当时的情景，我的唇边不觉溢出笑意，“干爹说得没错，在这里我们都听见了世界上最美好的声音。”

“雨琪，将来你也会让世界听见中国最美好的声音。没想到院长对我们这些学子的期许，终究要由你来实现了。”

我没有忽略他语气中的一丝怅然，于是抿唇一笑：“你把中国人生产的钢琴卖到了全世界，也是一件了不起的事，咱们学院也会以你为荣。”

“雨琪，谢谢你，是你让我知道了每颗星都有自己的光芒。”冯凯凝视着我，眼中爱意缱绻，“或许就是从那时起，我开始爱上了你。你呢，是什么时候爱上我的？”

“什么时候？”我认真思考了一下，说，“大概就是你在电影院睡着的时候吧。”

“睡着的时候？难道我睡着的时候比较帅？”

见他一脸困惑的模样，我忍俊不禁，又起了捉弄他的心思，于是一本正经地点头：“是啊，你睡着的时候，比你喋喋不休的时候可要帅一百倍呢！”

“陈雨琪，你竟敢嫌我啰唆！”

他作势要来呵我痒，我咯咯笑着逃开，被他在身后紧追不舍。这种追逐嬉闹的感觉，好像让我们又回到了从前，就连月光都变得温柔了许多，将笑声镀成一颗颗银色的珍珠，清清亮亮地撒了一路。

他终于追上了我，一把将我拥进怀里，搂得紧紧的，让我挣不脱也逃不掉，只能温顺地靠在他的胸前，慢慢调匀急促的呼吸。

心跳得像欢快甜蜜的圆舞曲，这一刻的拥抱，就好像拥住了天长地久。

他轻轻吻了吻我的秀发，突然有些伤感地说："以后没有我在你耳边喋喋不休，你一定要照顾好自己，要按时吃饭，别练起琴来就忘记了时间……"

"嗯。"我轻声应道。虽然类似的话已经听他说过很多次，但依然让我心头烫热，喉头发堵，眼中不知不觉浮起了一层雾气。

在这种既甜蜜又感伤的氛围中沉浸了许久，他终于放开我，说："去操场上走走吧，我有话要对你说。"

学校已经放假，操场上看不到几个学生。今晚夜色倒是很好，空旷的操场笼罩在银纱似的月光中，就像一个神圣的殿堂。

“还记得以前我晚上陪你来操场跑步吗？那时我就有个念头，想要永远陪你跑下去，一圈又一圈，没有尽头地跑下去……”

冯凯掏出一只小巧玲珑的首饰盒，打开后，里面是一枚光芒四射的钻戒。

他单膝跪下，举着钻戒对我说：“雨琪，嫁给我好吗？”

月光照得他的眼睛熠熠闪亮，里面有我熟悉的真诚和不熟悉的忐忑。

我微微一笑，突然伸出手，揪住他的耳朵，以一种跟自己截然不同的刁蛮语气说道：“你这个家伙，竟敢爱上别人！”

“紫……紫涵……”他震惊地望着我。

“我回来了，你不高兴吗？”我继续刁蛮地问。

“没……没有……”他赶紧说道，我没有忽略他脸上一闪而过的惊慌，“雨琪说过，你偶尔会占据她的身体。”

“这次不是偶尔,而是永远!”

“什么意思?”

“意思就是说,我回来了,咱俩可以永远在一起了!”

“那……雨琪呢?”

“她当然就消失了。”

“什么?”冯凯一副如遭雷击的样子。

我心中暗笑,语气却更加强硬:“老实承认吧,你现在爱的人到底是我,还是陈雨琪?”

冯凯沉默半晌,终于说:“紫涵,对不起,我只想知道,有什么办法能让雨琪回来?”

“有。”我俏皮一笑。

“什么办法?”他惊喜地问。

我闭上眼睛,唇边逸出幸福的微笑:“用一个爱的吻来交换。”

23

三年后，我学成回国，跟冯凯举行了隆重的婚礼。

考虑再三，我还是在请柬上写下了“余知原”三个字。

过往恩怨都已随风而逝，如今他只是以老师的身份来参加学生的婚礼。

他是坐着轮椅来的。

听说这几年他饱受病痛的折磨，身体也每况愈下，已经到了需要用轮椅代步的程度。

数年不见，他仿佛老了几十岁，不再是儒雅潇洒的男人，而是一个两鬓微霜、举止迟缓的半老之人。

我的鼻端微微有些发酸，扯了冯凯一起去给他敬酒。

“听说你要开个人钢琴演奏会了？”余知原问我。

“是的。”我谦逊地回答，“到时候一定请老师光临指教！”

“不错，不错……”

他微微点头，似乎很欣慰的样子，但我从他的眼睛深处看到了不易察觉的惆怅。

我知道他如今已经不能再弹钢琴了。

失去了存在的意义和价值，大概就是他如此迅速地衰老下去的原因吧。

敬了一圈酒回来后，我妈好奇地问我：“坐在轮椅上的那个人是谁？”

“是音乐学院教我专业课的老师，余知原。”

“余知原？”我妈像突然想起什么，“你读大学那会儿，有位老师打电话到我们家来问过你的情况，他说自己姓余，说不定就是这位老师。”

“他问什么？”

“他说你的钢琴弹得跟音乐学院一个死去的名叫温紫涵的学生一模一样，还经常在晚上梦见温紫涵，同学中也有了一些不好的传言。他虽然不相信那些无稽之谈，但还是担心在你身上发生了什么怪异的事，所以找我们问问原因。我一听他说到温紫涵，就想起了记忆移植的事，于是赶紧告诉了他，省得他瞎猜，万一真以为你被鬼附身什么的，对你影响也不好。”

“妈，这么重要的事你怎么没早告诉我？”

“这件事很重要吗？”我妈没想到我的反应这

么激烈，诧异地看着我，“你老师让我们不要告诉你他打过电话的事，说弄清原因他就放心了，不想让你知道他曾经对你有过一些不好的揣测。再加上那时候我们还没告诉你记忆移植的事，所以就没跟你提过这个电话。”

听完这番话，我皱眉，陷入了沉思。

余知原竟然早就知道了记忆移植的事，为什么他从来没有提起过？为什么他装作对一切毫不知情？他应该知道，移植了温紫涵记忆的我，迟早会想起那个晚上的事……

我的心“咯噔”一下，像突然触碰到什么危险的东西，却又无法分辨那到底是什么。

这时，一群人又围上来敬酒，说一些祝福打趣的话。几杯酒下肚后，我的脑袋便有些昏沉，再也顾不上去思索这件蹊跷的事。

累了一天，回到新房，我几乎是一沾枕便睡

熟了过去。

黑夜无边无际，像浓雾包裹着我，令我惶然不知所措。

突然，一道月光从天而降，照亮了我所在的地方。

我顿时吓出一身冷汗，自己竟然站在天台边沿。

身后有急促的脚步声“噔噔噔”地响起，我惊惧地回头，目光扫过身后的男孩，他正微微侧身避开疾冲过来的人，而他脸上怪异的神情，就像一道可怕的闪电瞬间击中了我。

伴随着这道闪电而来的，是一声惊雷般的怒吼：“温紫涵，去死吧！”

一股大力从背后袭来，我惊叫着跌下高楼，黑暗像旋转的激流，霎时淹没了我……

“雨琪，雨琪……”

有人把我从噩梦中摇醒，我满头大汗地睁开双眼，看到的是冯凯担忧的面容。

“你怎么了？”

“做了个噩梦……”

我抚着激跳不已的胸口，努力让自己平静下来，仔细回想梦中的情形——

“我想，是紫涵的记忆进入了我的梦中，让我看到了她临死前所看到的一幕……”

心脏那儿突然传来一阵久违的疼痛，我不得不咬牙忍耐，冷汗从脊背大颗大颗地冒了出来。

“那真是噩梦般的一幕……难怪紫涵会把它压抑在记忆最深处，再也不愿想起。”

“到底是什么？你看到的到底是什么？”冯凯惊疑地问。

我苦涩地叹了口气：“紫涵的死，或许并不像我们想得那么简单。”

24

傍晚，我来到学校的柳苑附近，据说每天这个时候，余知原的现任妻子周洁都会推着他在这儿散步。

果然在一棵柳树下看到了他们，我深深吸了口气，满面笑容地迎上去，跟他们打了个招呼。

周洁诧异地问："雨琪，你怎么来了？不是说要跟冯凯去欧洲度蜜月吗？"

"明天的飞机，我是特地来跟老师辞行的。"我微笑着回答。

“难得你有这份心意。说实话，现在还记得老余的人真没几个了……”

或许是看多了人情冷暖，我专程来辞行的这一举动竟令周洁感动起来，连眼眶都有些红了。

余知原尴尬地咳嗽两声，说：“你刚办完婚礼，还有一大堆事儿要忙，何必专程跑这一趟。”

“没什么。”我依然微笑着，“昨晚突然想起了一些往事，觉得应该来跟老师聊一聊。”

“你老师也经常提起你，说你是他最得意的学生。听说你现在发展得很不错，我们都为你高兴呢！”周洁热情地说。

我努力维持着快要僵硬的笑容：“师母，我想带老师在校园里四处逛逛，您不会介意吧？”

“不会！不会！”周洁爽直地摆摆手，“家里还有点事儿，我先回去了。散完步后，麻烦你把老余送回来就行。”

她放心地把轮椅交给我,果然就回家去了。

我推着轮椅,在校园里慢慢走着。

我们都没有说话，一一走过那些熟悉的景致,车轮碾过石板路的声音,就像一部老式默片在“沙沙”作响。

恍惚间,好像时光倒流,又回到了从前。

穿过一条林荫小道,我停下脚步。寂静的空气中,有琴声脉脉流淌,不知是哪位勤奋的学子正在琴房里刻苦地练琴。

“记得我入校的第一天就在这儿晕倒了,还是老师送我去的校医室。”

“已经是很久以前的事了……”余知原的声音沙哑得就像一位饱经沧桑的老人。

“老师知道我为什么会晕倒吗？”我突然问。

余知原沉默了片刻,方说:“不知道。”

“因为我移植了温紫涵的心脏，它听到老师

的琴声后，竟然痛苦得快要炸裂了。”

轮椅上的人没有说话，呼吸却变得沉重起来。

我一边推着他往前走，一边说：“其实我一直有个疑问，紫涵那么喜欢老师，为什么看到老师后，竟会这么痛苦，甚至还有……恐惧……”

“你到底想说什么？”余知原终于忍不住打断了我。

我没有回答，只是将他推进了琴房楼，找了间空置的琴房，在琴凳上坐下，回头冲他嫣然一笑：“老师好久没听我弹奏了吧，今天我想弹一曲，让老师听听有没有进步。”

我把手放在琴键上，《b 小调奏鸣曲》的乐音从我指尖流淌出来。

这次我直接从 124 小节开始弹，在描绘了英雄向往美好事物的内心世界后，魔鬼和天使开始交替出现。李斯特采用“主题转化”的手法，将魔鬼动机通过扩张、缩减、添加装饰音等变换手法进行改造，从而改变原动机的性格与气氛，塑造出天使这一截然不同的音乐形象。

我的声音，在琴声中幽幽地响起——

“魔鬼黑暗冷酷，而天使则象征着爱与希望、光明和美好，两者似乎是完全对立的。然而这里‘天使’的旋律却令人感到似曾相识——它正是由‘魔鬼’的旋律改造而来。不得不说大师真的善于洞悉人心，人类本身就是人性与魔性、理性与非理性的矛盾体，就像《浮士德》中的魔鬼梅菲斯特也是浮士德的另一面一样。这世上的善与恶、美和丑、黑暗与光明，彼此之间的界限真的那么分明吗？或许一念之差，善就变成了恶，美就转化成了丑，从光明坠落到黑暗，天使也露出了魔鬼的面容……老师，您觉得我说得对吗？”

余知原沉默了好一会儿,才有些生硬地夸奖道:“你对乐章的理解很深刻,也弹出了这首乐曲的精髓。”

“但还是远远不及老师。”

我弹到了精彩的尾声，英雄回顾自己的一生,丢失信仰之后又艰难地找回信仰,而魔鬼又出现了,意味着光明和黑暗之间的交涉将一直持续下去……

乐曲以 B 大调微弱缓慢的合唱式结尾,暗示命运的脚步依然在延续,英雄逐渐睡去,故事却尚未结束,矛盾仍在继续,一切还是未知……

在微颤的余音中，我的手从琴键上收回,依然保持着脊背挺直的姿势,慢慢转身,直视着我的老师。

“还记得我在学校被人打伤的那个晚上吗?我曾在这里听到老师弹奏《b 小调奏鸣曲》,听到了您内心的矛盾与挣扎。老师曾告诉我们，音乐是意志自身的写照，它可以揭露人类欲望和情感的最深秘密。那晚跟老师合体的，是魔鬼还是天使呢？经历了那么多事以后，不知道老师的灵魂是否已经得到了救赎，心灵是否找回了久违的安宁？”

余知原紧抿着嘴，没有说一个字。

我微乎其微地弯了一下嘴角，自顾自地说了下去：“记得我和室友曾经去探望过生病的老师，那天您得知我就睡在温紫涵曾经睡过的床位上，室友还怀疑我被她的鬼魂给缠住了。虽然只是无稽之谈，但因为我的弹奏确实跟紫涵一模一样，所以您忍不住给我家打了电话，说了我在学校的异状，以关心我的名义，从我妈口中套出了记忆移植这个秘密。而这个秘密一定让老师陷入了恐慌之中，你担心我想起紫涵死前的那一幕，所以必须要解决我这个隐患。”

“你怀疑是我袭击了你？”余知原终于开口了，他甚感荒谬地冷笑，“那天晚上你亲眼看到我在琴房里弹琴，当你离开后琴音都没有消失，树林里的人怎么可能是我？”

“当然不可能是你，老师就是要让我看到你在弹琴。想洗脱你的嫌疑，由我这个受害者当人证，不是再合适不过吗？那晚琴房的门为什么没有关上？为什么要让我看到里面弹琴的人是你？这不正是你早就计划好的吗？”

“我计划了什么？”

“你故意把记忆移植的消息透露给了任艳玲，让她对我动了杀心。那天我在树林里看到的人，就是戴了假发和头套的师母，对吧？”

“一切都只是你的猜测，并没有半点证据。”余知原情绪激动起来，怒声道，“我为什么要在这里听你胡扯和诬蔑？快送我回去！”

“温紫涵的记忆就是最好的证据。”

我温婉地望着他，幽然淡笑：“昨晚我碰巧想起了一些往事，所以想找个地方跟老师好好聊一聊。”

我推着他出了琴房，乘电梯来到顶层的天台。

月光冷冷地照在天台上，空寂得像铺了一地残雪。

看到这个熟悉的地方，余知原的脸色突然变了。

“老师想不想知道昨晚我想起了什么？或者说，藏在紫涵记忆深处的到底是什么？”我轻声问道，轻得就像怕惊跑了月光，露出下面丑陋的秘密。

余知原依然固执地沉默着，身体僵硬得像一

块石头。

“当紫涵听到身后的脚步声，惊讶地转过头时，她最后看到的是，你明明有机会阻止任艳玲，却故意侧身避开了她，而你脸上怪异的神情，是一种得偿所愿的满足。

“盛怒之下的任艳玲并没有察觉到你的异样，然而这一幕却深深印在了紫涵的脑海里，当她被推下楼的一刹那，你脸上得意的微笑成为铭刻在她记忆深处最恐怖的符号，是她至死也不愿相信的事实。所以她把它深埋在自己的潜意识里，我虽然移植了她的记忆，却迟迟未能记起她临终前的最后一瞥。

“直到婚礼那天，我从我妈那儿得知你曾经打听过我的事。你知道我移植了紫涵的记忆后，迟早会想起那天晚上的事，明白任艳玲是杀害紫涵的凶手。然而你却不知道，当时你的动作和表情已经出卖了你，让紫涵在临死前知道了真正的凶手是谁。

“当任艳玲刺杀我失败后，因为冯凯的严密保护，她再也找不到下手的机会。而你也早就厌烦了对方的独断专行和令你窒息的控制欲，于是你决定弃卒保帅，索性暴露任艳玲来保全自己。于是你刻意诱导我，甚至在任艳玲面前做戏，让我们都以为你其实也暗中喜欢紫涵，从而更不会怀疑你对她会有什么杀心。任艳玲因为嫉妒而露出了马脚，成为被你利用后又无情抛弃的一颗棋子。我想，当初也是你故意向她透露那场比赛对你有多重要吧，你知道她为了你什么都愿意干，甚至会不择手段地干，而这正是你想要的结果。”

月光笼罩着天台，把这里变成了一个巨大而空寂的舞台。

一阵略显零乱的琴声在舞台上响起，一男一

女的身影渐次浮现。

男孩狠狠捶了一下钢琴，霍地站起来，像困兽一样来回走动，痛苦而沮丧地说：“不，我赢不了，根本就赢不了！”

“为什么？”一旁的少女不解地问，“你不是弹得最好吗？老师们不是都夸你是音乐天才吗？”

“天才不是只有一个！”男孩近乎咆哮地吼道，“她也是！我们的琴艺本就在伯仲之间，而她的爸爸是院长，就算她想跟我公平竞争，但有了这个赌局之后，她一定会为了赢我而不择手段！”

“算了，别想那么多了。她要赢就让她赢好了，反正我是不会离开你的，到时候气气她也好。”

“你知不知道这场比赛对我有多重要？如果我能胜出，就能代表学校去参加国际比赛，这是我崭露头角、改变命运的绝好机会。但是这个赌局，这个赌局把一切都破坏了！”

他懊恼地用力一拳捶在琴盖上，脸上是被欲望扭曲的狰狞，哪里还有半点平日淡泊的模样。

少女呆若木鸡地站了半晌，突然从身后抱住他，毅然决然地说：“知原，你放心，我一定会帮你赢下这场比赛！”

男孩静静地站立着，在少女看不见的地方，他嘴角微微一扬，挂上了一丝得意的笑。

那样冰冷可怕的笑容，和温紫涵临死前看到的一模一样。

“当紫涵约你去天台谈话时，你明知道任艳玲就跟在后面，却假装不知。当紫涵让你抱她下来时，你故意照做，果然激起了任艳玲的妒火。当她冲出来推紫涵时，你明明有机会拉住她，但是你没有，反而侧身给她让开了路。

“所以，你其实是在一步一步诱导任艳玲，让她主动帮你除掉紫涵这块绊脚石。或许你一开始并不是想要任艳玲去杀人,你想让她像上次在公园里那样划伤温紫涵的手,或者让她出点别的什么意外,以致参加不了第二天的比赛。再或者想办法影响温紫涵的状态，让她能在比赛中输给你。但没想到温紫涵爬上天台的举动,给任艳玲创造了一个推她下楼的机会。当任艳玲冲出来的一刹那,你那已经被欲望扭曲的心理,让你选择了放任这场谋杀。

“后来任艳玲差点摔下天台时,你去拉她,却怎么也拉不动。当初我以为是她太胖的缘故,现在才明白,你根本就不想把她拉上来,只是因为我在一旁看着,所以才不得不做做样子。在你心里,一定恨不得她就这样摔死了,既可以当你的替罪羊,又能让你摆脱她的控制。然而你千算万算,偏偏没有算到,紫涵临死前,你脸上的表情已经让她看到了你的杀心。你更没有算到，任艳玲竟然会把你扯下去陪她一起死。所以有句老话说得好：害人终害己。我说得没错吧，老师？”

在我的注视下，轮椅上的人仿佛石像一般沉默。

“温紫涵、任艳玲……”我幽幽地叹息，“她们何尝不是可怜的水妖？爱上的人从来没有真正爱过她们。或许你曾经欣赏过温紫涵，依赖过任艳玲，但你最爱的，永远只有你自己！”

我轻轻哼起了《水妖》的旋律，温紫涵和任艳玲仿佛就在这旋律中起舞，从哀婉幽怨到绝望疯狂……

我看到他胸口起伏得越来越厉害，最后突然爆发——

“住口！”余知原使劲拍打着轮椅扶手，暴怒地吼道，“住口！住口！住口！”

我终于住了口。

清冷的月光就像冰冷的雨丝，在水妖消失的一刹那，将痛苦灌满了整个天地。

我的声音也和月光一样冰冷。

“现在我很想知道，当你看到温紫涵的日记，知道她原本打算把比赛的机会让给你时，心里是怎样一种感受，是不是很后悔？”

“后悔？后悔有什么用？像她那种公主病的千金大小姐，就喜欢玩这种可笑的爱情游戏，摆出一副居高临下施恩于人的姿态，以为像我这样的穷小子就该感激涕零地跪下来高呼‘公主千岁’，然后一脸奴才相地接受她的施舍？”

余知原冷笑着，月光下的面孔冷酷得像一副坚硬的面具。

“从小我妈就告诉我，没有无缘无故的施舍，你接受了什么，就必须付出更多。我爸得了肺癌后，为了给他治病，花光了家里多年的积蓄。他去世后，我家的生活就陷入了困境，我跟我妈说以后不学琴了，结果被她痛骂了一顿，她说老师都夸我有天赋，她就是砸锅卖铁也要继续供我学琴。后来我才知道，是隔壁的任叔叔在接济我们，让我可以继续学琴，但我不止一次看到，他把我妈压倒在床上。是的，我一直是靠别人的施舍才走到今天。多亏了温紫涵那张帖子，让我知道自己就是一个吃软饭、没骨气的男人，小时候靠我妈被人糟蹋换钱，长大了靠女人陪酒赚钱。看到那么多人骂我、唾弃我，我终于清醒了，于是狠狠发誓，再也不要接受任何人的施舍！我想要的一切，都要自己去争去抢，哪怕杀人放火，我也在所不惜！”

“原来你就是这样变成魔鬼的！”

我望着他阴沉暴戾的面容，昔日的云淡风轻

已经消失得没有半点痕迹，黑暗不仅吞噬了他的心，也悄然改变了他的外貌，那个清雅如竹，宛若从古韵诗词中幻化而出的少年，终究随风而逝，犹如大梦一场了无痕。

我怅惘地叹息一声："其实，发帖的人不是温紫涵，而是冯凯。"

"现在说这些还有用吗？"余知原咬牙切齿地说，"是的，我对不起温紫涵，但是我从来没有想过要伤害你。知道记忆移植的事后，我的确因为惊慌在任艳玲面前说漏了嘴，但我没想到她会对你动了杀心，还威胁我不准阻止她。那晚弹奏《b小调奏鸣曲》时，我的内心一直在救你与不救之间挣扎，但最后还是懦弱地放弃了……"

月光照着他苍白的脸，每一根痛苦的纹路都像老树的根须，牢牢扎在灵魂的深处。

"没错，我就是一个魔鬼，有时连我自己都憎恨自己，只有不停地练琴才能暂时忘掉那些噩梦,这样的日子我早就过够了！今天你带我来这儿,如果是要清算我的罪行,那就动手吧！”

我神情复杂地看着他,心中涌动着难以形容的情绪。

“动手？你以为我会把你推下去,给她们报仇吗？”

我低下头,在他耳边轻声地,一字一句地说道:“不,我要你活着,好好活着。像这样终身坐在轮椅上,对你而言,不是件比死更痛苦的事吗？”

他已经瘦得跟皮包骨一样,就连额角青筋的跳动都看得真真切切。

刹那间,我清楚地知道,温紫涵记忆中的余知原已经彻底死去了。

眼前这个坐在轮椅上的,不过是具苟延残喘的躯壳罢了。

我慢慢推着他,离开了天台。

轮椅一路碾过地面,发出空洞的声音,空洞得和他脸上的神情一样。

这声音将如附骨之疽般噬咬着他,在无数个漫长的日子里,一声又一声,一声又一声,接连不断,空洞而令人绝望地响起……

创作谈

何谓“科幻现实主义”：浅谈科幻创作

/ 霜月红枫

科幻小说常常被认为是以畅想未来科技为创作初心的文学形式，观照其现实意义的读者并不很多。其实文学作品无不来源于生活，科幻也当然可用来描绘纷繁的社会图景和众生百态，科幻故事同样可以隐喻社会现实生活，表现复杂多变的人性。着眼未来观照当下，探索高科技的冲击和改造下人性与社会裂变与重塑的可能性，我称之为“科幻现实主义”——这与百花文学奖·科幻文学奖所秉持的“科·幻·文”的评选理念以及

《科幻立方》杂志倡导的人本理念有相近之处。

文学对推动社会发展有着重要的作用,科幻文学也有着同样的力量。科幻作家亦应具有使命感和责任感,借助文学作品帮助和影响更多的人,为科技和社会进步贡献一分力量。

科幻小说不应满足于在小众圈子里孤芳自赏,更需要面向大众。当下的中国科幻,表象繁荣,而科幻小说的阅读体验往往并不能尽如人意。有些作家专注于描述深奥的科学知识,偏爱枯燥的术语罗列,却忽视了对一个引人入胜的故事的构思、对令人难忘的人物的塑造,更不必说寄寓如何深刻的社会内涵。某些所谓的“硬科幻”,纵使故事好看,却因执意加入过多的科学理论而妨碍了读者流畅地阅读。它们或许为那些具有深厚理科背景的读者所喜爱,但在更广泛的阅读群体中只会显得晦涩难懂,这是直接影响科幻小说的传播与普及的。

周作人在《科学小说》中说:“科学小说做得好的,其结果还是一篇童话,这才令人有阅读的兴趣,所不同者,其中偶有抛物线等的讲义须急忙翻过去,不像童话的行行都读而已。”如何平衡科幻小说的科学性与故事性、严肃性与娱乐性,是亟待当下的科幻作家思考与解决的问题。与其对科学理论进行炫技式的描述导致阅读障碍,不如让科技服务于情节和人物,成为融入和构筑故事内核的中坚力量。

在人类的未来与命运的主题方面,科幻小说具备其他文学无可比拟的先天优势。因其可以将人类置于超越于当下和历史的环境中进行观察,不仅能表现人与人、人与社会、人与环境的关系,还可以探讨人与科技的关系。科幻文学可以给出更多样的角度、更丰富的手法,创作者若能充分利用这一优势，创作出更多兼具科学性与人文性、故事性与思想性的作品，作为类型文学的科幻创作的“出圈”便指日可待。

世界各国的科幻文学都根植于本土文化体系，并从中汲取营养。譬如说西方文化更注重个性发展，宣扬人的主体意识，这一点便在其科幻小说中有其相应的体现，作品中的个人英雄主义色彩就更为鲜明。

中国的科幻文学则深受传统文化的影响。东方的“整体至上”的价值取向、集体主义思想观念深入人心，强调大局为重。表现在科幻作品中，往往是作者更倾向于构思一个全人类团结起来共同改变自己命运的故事，《流浪地球》是一个典型的例子。

西方的科幻文学较中国起步早，发展成熟，其间依据科学设定、形象塑造、科幻与现实的结合等原则与标准形成多种流派，如太空歌剧、机器人、外星人、时间旅行、军事科幻、蒸汽朋克、乌托邦与反乌托邦等，这些概念广泛而深刻地影响着中国的科幻创作。而中国的整体和大局观念，比如“人类命运共同体”这样的概念，也为世界提供了新的取向与新的治理模式。或许，这种东方的方案就能够弥合分歧，平息战乱，为人类开创一个更加和平与广阔的未来。而当下的中国科幻作家立足于本土打造其特色，博采各家之长丰富其手法，一定能够创作出更多和更好的传世佳作。

手账

来源日本，标准写法为『手帐』（手帐 てちょう），意思是指用于记事的书页